Bright Star, [...]
Not in lone s[plendour...]
And watching, [...]
Like natures pa[tient...]
The moving wat[ers...]
Of pure ablution [...]
Or gazing on the [...]
Of snow upon the [...]
No — yet still stedfa[st...]
Pillow'd upon my [...]
To feel for ever its [...]
Awake for ever [...]
Still, still to hear her [...]
And so live ever [...]

最美情书系列

纸短情长

雨果 等著

郑南 等译

中国出版集团
中译出版社

目录

马克·吐温　001-017

我此生此世都将属于你
马克·吐温致欧莉维亚

请让我在你那高洁的心灵中稍占一点地位
马克·吐温致欧莉维亚

十七个月的最后一封信
马克·吐温致欧莉维亚

我们的出生和存在，就是为了彼此
马克·吐温致欧莉维亚

海明威　019-032

在我认识的所有人中，你最无与伦比
海明威致哈德莉

热恋时结婚，空闲时反省
海明威致哈德莉

雪莱 033-043

我不知道邮车何时开
雪莱致玛丽

冥冥之中的力量
玛丽致雪莱

附：雪莱为玛丽所作情诗《给玛丽》

夏洛蒂·勃朗特 045-059

我渴望你的信
夏洛蒂致康斯坦丁·埃热

今晨我特别高兴
夏洛蒂致康斯坦丁·埃热

当我进入梦乡时，你就会闯进我的梦境
夏洛蒂致康斯坦丁·埃热

拜伦 061-072

曾爱过你，是痛苦的
拜伦致安娜

一切都已无可挽回
拜伦致安娜

目录

我多么希望在你尚未为人妻的时候与你相遇
拜伦致泰雷萨

济慈 073-091

请用你的甜言蜜语浇灌我
济慈致芬妮

没有你的世界里，我该如何生活
济慈致芬妮

只希望能够依偎在你的怀中
济慈致芬妮

你吸引着我的全部意识
济慈致芬妮

我吻遍了你的来信
济慈致芬妮

附：济慈为芬妮所作情诗《明亮的星》

雨果 093-121

你永远不知道我爱你的程度
雨果致阿黛尔

我的灵魂为你所有
雨果致阿黛尔

我把一切希望和祝愿都寄托在你身上
雨果致阿黛尔

爱情的性质
雨果致阿黛尔

你的思念让我的生命丰沛
雨果致朱丽叶

嘉年华之日
雨果致朱丽叶

你是我的快乐
雨果致朱丽叶

我生命的阳光
朱丽叶致雨果

乔治·桑 123-148

请在你的心间给我留一个秘密的小角落
乔治·桑致缪塞

目录

爱情是一座庙宇
乔治·桑致缪塞

最好的答复
乔治·桑致缪塞

我们不谈过去，不谈现在，不谈将来
缪塞致乔治·桑

我一生中唯一的爱情
缪塞致乔治·桑

我不会让你寂寂无名地躺在冰冷的坟墓中
缪塞致乔治·桑

贝多芬 149-160

言不尽意
贝多芬致永恒的爱人（一）

我们的爱像天堂一样永恒
贝多芬致永恒的爱人（二）

为了让你尽快收到这封信,我必须到此搁笔
贝多芬致永恒的爱人(三)

罗伯特·舒曼　161-175

除你之外,别无所思
舒曼致克拉拉

我对你的信念坚定不移
舒曼致克拉拉

我会在你耳边倾吐芳心,向你说一句"愿意"
克拉拉致舒曼

我想用所有的亲热的词来称呼你
舒曼致克拉拉

我的一颗心是坚实而不能改变的
克拉拉致舒曼

马克思　177-194

想要从头至脚地吻你
马克思致燕妮

目录

这样迟才给你写信,可绝不是健忘
马克思致燕妮

能够同你相爱,是一件很美好的事情
燕妮致马克思

我的信鼓舞了你,我很幸福
燕妮致马克思

卡夫卡　195-224

我写下某些段落的同时,所想的还是您
卡夫卡致菲利斯

我幻想着与你并肩走向米尔贝克
卡夫卡致菲利斯

我永远是同自己束缚在一起的
卡夫卡致菲利斯

我多想把米兰赐给您
卡夫卡致密伦娜

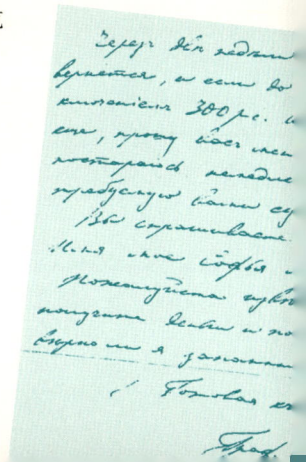

我们是那么怯懦
卡夫卡致密伦娜

我的不安有增无已
卡夫卡致密伦娜

我爱整个世界，也包括你的左肩
卡夫卡致密伦娜

我从你的眼里寻觅我的命运
卡夫卡致密伦娜

纪伯伦 225-243

奇妙的精神纽带
纪伯伦致梅娅

假如我是一名记者，那该有多好
纪伯伦致梅娅

失去理智的爱
纪伯伦致梅娅

手掌的吻
纪伯伦致梅娅

蓝色火焰
纪伯伦致梅娅

目录

普希金 245–255

请你不要过度卖弄风情
普希金致娜塔莉亚

我的善良和愚蠢为邻
普希金致娜塔莉亚

附：普希金为凯恩夫人所作情诗《致凯恩》

列夫·托尔斯泰 257–269

您愿不愿意做我的妻子？
托尔斯泰致索菲亚

对于人生必须看得自由
托尔斯泰致索菲亚

再见，亲爱的索菲亚
托尔斯泰致索菲亚

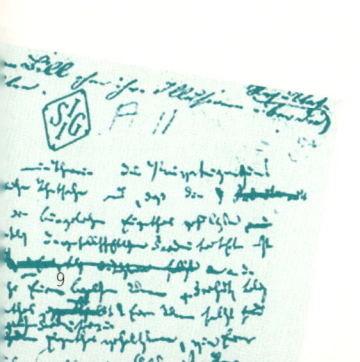

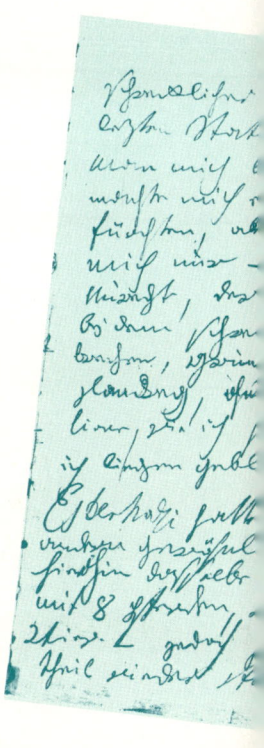

屠格涅夫 271–281

我的生命在一滴一滴地流失
屠格涅夫致波丽娜

比太阳更美妙的光泽
屠格涅夫致波丽娜

可不要到我的坟墓去
屠格涅夫致波丽娜

弗洛伊德 283–300

一封中世纪风格的信
弗洛伊德致玛莎

除了我们对彼此的爱,什么都没有
弗洛伊德致玛莎

你就是你,不要为了谁去改变
弗洛伊德致玛莎

本书编目译者 302

马克·吐温

美国著名作家、演说家马克·吐温（Mark Twain）原名萨缪尔·兰亨·克莱门（Samuel Langhorne Clemens），1835年生于美国密苏里州佛罗里达的一个贫困的乡村律师家庭。因父亲收入微薄，他的童年生活非常拮据。所幸他的母亲善良、乐观，经常为全家人讲故事，温暖了整个家庭无数个寒冷的夜。

马克·吐温十一岁那年，父亲患肺炎去世。由于生活所迫，他不得不去印刷厂做学徒工。三年后，他开始从事排字的工作，为哥哥创办的《汉尼拔杂志》撰稿。十七岁时，他在波士顿的幽默周刊《手提包》上发表了处女作《拓殖者大吃一

1. 马克·吐温
2. 欧莉维亚与孩子们

惊的花花公子》。

  1867年，三十二岁的马克·吐温已经有了一些名气。这一年，他认识了欧莉维亚。一见钟情的他当即便产生了一定要娶她为妻的强烈愿望。

  第二次见面开始，欧莉维亚便被马克·吐温幽默诙谐的谈吐深深折服，对他有了好感。此后，二人的感情日益深厚，马克·吐温觉得时机已经成熟，便向她求婚了。令他没有想到的是，欧莉维亚无情地拒绝了他。在她看来，出身卑微的马克·吐温与自己的身份是不相匹配的，而且马克·吐温有抽烟、喝酒等不良嗜好，欧莉维亚的父母很讨厌这种习惯。

被欧莉维亚拒绝后，马克·吐温并没有气馁，他恳请她与自己保持书信往来，并请她督促自己戒烟戒酒。欧莉维亚答应了他的请求。为了得到心上人的青睐，马克·吐温不再喝酒，并不断地尝试着戒烟。在与欧莉维亚通信的两年时间里，马克·吐温一共给她写了一百八十四封信，每一封都承载着他的满腹深情。

为了能够配得上欧莉维亚的身份，马克·吐温不断地写作，并到处参加演讲。他演讲的现场常常人头攒动，掌声如雷。终于，功夫不负有心人，他的付出得到了回报，成为声名远扬的演讲家。

成名后，马克·吐温再次向欧莉维亚求婚，二十四岁的欧莉维亚终于答应了。1870年他们举行了婚礼，开启了他们三十四年的温柔相伴之旅。

马克·吐温的情书中充满了对欧莉维亚热情的赞美、诚挚的追求和衷心的表白。更加难能可贵的是，我们可以从他的文字中看出，他追逐爱情的过程是一个不断净化自己、提升自己的过程。少年时走南闯北的生活使他难免沾染了一些不良习气，但为了爱情，他可以严格约束自己。与此同时，他情书中幽默风趣的语言也体现着他独特的写作风格。

我此生此世都将属于你

马克·吐温致欧莉维亚

> ❝ 倘若有人要把你从我身边夺走,我的爱便会随你而去,让我的心永远成为一片死寂、空空如也的废墟。❞

亲爱的莉维:

今天写给你的信已经寄出去了,但我有一个特权,可以随时给全世界最爱的姑娘写东西。我得意极了,因此我必须再写几句,即便只是说一声"莉维,我爱你"也行。莉维,我的确爱你——像露珠爱着花朵,鸟儿爱着阳光,像波涛爱着微风,母亲爱着孩子,回忆爱着老友,潮水爱着月亮,天使爱着内心的纯净。我是如此爱你,倘若有人要把你从我身边夺走,我的爱便会随你而去,让我的心永远成为一片死寂、空空如也的废墟。我不仅爱着你,我还崇敬你,像臣子崇敬君王,因为我们美好的日子就这样启程。真的,莉维,你应该踮起脚尖吻我一下。（不然我就欣然低下头，吻住可爱娇小的你，只为这个甜蜜的奖赏。）

……这十个月让我体验了一种新奇而美好的生活，开拓向前，又充满希望，强过之前几十年的无趣生活。因此，我怎么能够忍住不去深爱这位高贵的女子，这位为我打造这片乐土的女子……

今天是你的生日，宝贝，你二十四岁了。祝愿以后的三个二十四年都在幸福和安宁的生活中度过。在这漫长的岁月中，我会陪着你，深爱你，珍惜你！过去，我一直都是独自度过这一天，独自庆祝这一天。当时，我还是几千英里之外的毛头小子，白天无忧无虑地玩耍，晚上无忧无虑地睡觉，全然不知这是了不起的一天。

无形的时间悄然在我头上走过，毫无察觉，从这一天开始，两段旅程开始了，相隔一方，天长水远，沿着面前的两条道路，曲折前行，时而靠近，时而远离，但彼此的距离终究接近了，朝着同一个地点接近，终于到了幸福的终点，二十四年长途跋涉的目标终于完成。在无忧无虑的少年时代，在当时的这一天，我没有发现世间发生了一件石破天惊的大事，如果这件事没有发生，我以后的日子也会变成阴沉郁闷的旅途了，但是这件事发生了，它拯救了我的未来。一轮太阳刚从地平线上升起，照耀着即将到来的岁月，让它们永远充满光明和温暖，充满和平与幸福。

不行，莉维，亲爱的，我对待抽烟，就像对待左手食指一样：如果你郑重其事让我把它割掉——我看出你的确有这个意思，你还觉得这根手指出于某种神奇的原因对我的身体有害——我心知肚明只要还留着它，你就不会心满意足，那么我保证会把它割掉。无论我自己或别人有什么想法，都要把它割掉。这并不是什么傻事，既然你希望这样做，如果我还留着这个障碍，我们的婚后生活就不会和谐圆满，面对这样一件不容辩驳的事情，倘若再多费口舌，抵抗这种做法，那就毫无意义了。

现在没有任何论据可以说服我，让我觉得适度吸烟对身体有害。我无法重视对此一无所知的人提出的论据或证据，所以我必须简单地进行理论分析。理论无法说服我。三十四年来，我抽烟抽了二十六年。我反而是家里身体最好的一个（面对这样的事实，单纯的理论简直不攻自破）。从我八岁以来，我的身体没有过一点毛病。我的身体构造——肺、肾、心、脑——没有丁点损伤。

人寿保险医生宣布我没有任何疾病，身体健康。然而，我却成了这种抽烟恶习的受害者。我哥哥的身体状况非但没有好转，反而越来越糟了——他还是一位品德高尚、不沾恶习的模范人物呢。我母亲的烟龄也有三十年了，现在也活到六十七岁了。

但有一件事可以让我戒掉抽烟，只有一件。只要你写信给我，或者当面和我说，你要让我戒烟，我就会戒掉这个习惯，哪怕它没有危害，还其乐无穷。这是一种牺牲，就像我让你不要去教堂一样。我知道无论我说什么，都不能去劝服你，让你同意我的看法。戒烟对我来说并不难做到。我戒掉了嚼烟叶的习惯，一半是因为这是个坏习惯，一半是因为我母亲希望我戒掉。我纠正了说脏话的习惯，因为费尔班克斯太太希望我改掉。我改掉了喝烈酒的习惯，因为你希望我改掉。我现在滴酒不沾，也是因为你显然希望我这样做。我尽我所能学会把手从裤子口袋里拿出来，不再懒洋洋地躺在椅子上，因为你希望我这样做。以上这些不可以称作牺牲。抛弃这些习惯没有限制我的自由，相反，让我从各种各样的束缚中解放出来。但抽烟是另一回事。反对抽烟的说法都没有道理。所以要戒掉抽烟，我只能出于这是你的意愿这一个理由，除此之外，别无说法。其他人的想法也有影响，但影响并不大。

如果你为了这件事情烦扰我，或是折磨我，我就不会说这样的话。因为折磨只能让人更加坚持自己的坏习惯。但是亲爱的，现在受折磨的人是你呢。（虽然看起来是我，但受折磨的的确是你自己，我一直都在抵抗。）

你不得不听着这些言论,一想到这儿,我的心里就很难受。这些责备必然会让我无法放弃这个习惯,如果没有人说我,我反而会乐于改掉。我真的讨厌受人所迫。

萨姆
1869 年

附笔:写完之后,我又读了一遍,发现自己是如此轻浮不堪,愚蠢幼稚。我后悔没有直接去睡觉,这样就不会给你写信了。你说过我不能撕掉任何写给你的信件,所以我寄给了你。莉维,把它烧掉吧。我不敢相信我写出来的东西竟然如此滑稽可笑。我太兴奋了,写信时无法动用理智。

请让我在你那高洁的心灵中
稍占一点地位

马克·吐温致欧莉维亚

> 我们将一起踏入广阔的世界,一同踏上曲折迂回的道路,直到生命的旅程结束,直到永恒的安宁如祝福一样降临在我们身上。

亲爱的:

  我给父亲读了你写的关于田纳西那块地产的信件,他说,你哥哥这样拖累你,实在令人遗憾。关于那块地产的经营问题,他没有发表任何意见,我也不想催他,因为我知道他手头有太多问题需要处理——他不应该接下那么多事情。不过如果你觉得应该再次询问他的意见,我一定照做。我很抱歉你哥哥陷入了困境,同时也谢天谢地,你的境况好了起来,我既为你高兴,也为你能够帮助别人而高兴。上帝赋予人们各种恩赐,却没有赐给你哥哥赚钱致富的智慧。不过从你所说的来看,上帝至少给了他一颗善良的心灵。上帝让我们兴旺发达,我们不会忘记上帝，我们会去责怪那些在这个世界上不善判断的人，但也会尽我们所能，帮助很多人减轻负担。你是一个好孩子，知道你哥哥到了穷途末路，需要救济才能挺过来时，你告诉他你会帮他弄到这笔钱，因为我知道你负债累累的时候，你并不知道怎样去省钱。但在上帝看来，真正让我们付出代价的东西，总是价值满满……

对于你本性中高贵的品格，我感到特别快乐，特别安心——它让我面前的整个世界变得如此光明，以至于我必须有一个宏大的愿望，我要尽我所能去帮助背负重担的人，卸下他们的负担——我觉得我没有负担，我受到了妥善照顾，我不能不心怀温暖，牵挂着背负重担的那些人——因为我们很快乐，亲爱的，因此我们能力更强，必须更加乐意帮助别人，我知道你是这样的人……今早醒来，我眺望着冬日的景色，我深爱着这里，感受着家的舒适和美好，感受着亲人和你真诚可靠的爱，即使你不在我身边的时候，也是如此；我好想跳舞啊，这似乎是最自然的表达方式……

莉维，我的心肝宝贝，我像国王一样幸福，现在一切就绪，我可以计算出在我们结婚之前，究竟还有多少天了。我满怀感激，我们的未来是光明而幸福的。二月四日，我们订婚就一周年了，我们将一起踏入广阔的世界，一同踏上曲折迂回的道路，直到生命的旅程结束，直到永恒的安宁如祝福一样降临在我们身上。莉维,我们活着的时候永远不会分开,到了天堂也永远不会。二月四日将是我们人生中最伟大的一天,对我们两个来说,都是最神圣、最慷慨的一天,因为它使两个独立的生命结为一个整体;它赋予两个没有目标的生命一个共同的使命,为了完成这个使命,让每个人的力量加了一倍;它赋予两个疑惑的心灵一个活着的理由;赋予阳光新的欢喜,赋予花儿新的芳香,赋予生命新的奥妙;莉维,这一天会让爱情有了新的意义,让悲伤有了新的深度,让崇敬有了新的激情。在这一天,各种层次会从我们眼前消失,我们将展望一个新的世界。快点到来吧!

十七个月的最后一封信

马克·吐温致欧莉维亚

> 在这漫长的岁月中,你的每一封信都是一缕阳光,让人心潮澎湃,即便有时因为其他事情苦闷,你的信也会让我开心。

亲爱的莉维:

  这封信是持续了十七个月的信件中的最后一封——这是我有生以来最愉快的通信体验。因为两个多月的时间里,我们每隔一天就写一封信。接下来的十二个月里,我们不在一起,就每天写信。我的心肝宝贝儿,没有人比我还要幸福,有这样一个可爱的、忠诚的小宝贝和我写信。在这漫长的岁月中,你的每一封信都是一缕阳光,让人心潮澎湃,即便有时因为其他事情苦闷,你的信也会让我开心。所以现在,我再次感谢你,祝福你,就像我这些天来每天感谢你,祝福你一样。我为你祈祷,自从十七个月前你触动了我的灵魂以来,我每天夜里为你祈祷一样。这是我们此生最后一次这么长时间的通信了，我的莉维，从今天起，它就从我们日常生活中的光荣地位永远消失了，成为回忆。这份回忆留在我们心中神圣的地方，作为神圣的东西为我们所珍视。这种回忆在我们活着的时候是珍贵的，在我们消亡之后是神圣的。

可怜的孩子，你那么孤独，那么凄凉，我好难受——但再忍耐一下——想想看，你不用演讲呀！你应该欣喜若狂才对。我们还会相聚的，到时候我们会忘记所有的烦恼。

我算了算。到一月底，我演讲的工作大约可以挣到一万美元；可是一月三十号讲课的时候，我就会离哈特福德很近，如果我不去讲课，我就没有足够的钱回家。买完生活必需品，还了债务，我演讲的收入拿到手里，就又花光了。每晚都有这个问题，即这一天的收入属于谁？——反正都要花光。我讨厌演讲，以后我会尽量少去接活。余下的收入基本上都要给我妈和雷德帕斯——然后我们怎么办呢？我不知道。亲爱的，那50美元是我留着给你买圣诞礼物的，你却把这笔钱给了那位诗人，你是怎么想的呢？

讲课是讨厌的事情，可终将会结束的，然后我就可以见到亲爱的了，我爱你，爱你，爱你啊。

亲爱的，想象我正站在船尾的高处，望着西边，双手捂着嘴，像个大喇叭，在翻腾的海浪中大喊："我爱你，亲爱的莉维！"

莉维，亲爱的，一定要记住，我回家的时候，在浴室里放一瓶苏格兰威士忌，一只柠檬，一些碎糖，还有一瓶安哥土图拉苦啤酒。自从到了伦敦，我会在早餐、晚餐和就寝前喝一杯被称为"鸡尾酒"的混合酒（用各种东西配制的）。"切斯特城"的外科医生推荐饮用这种酒，这个建议好得很。直到现在，我的消化能力一直很好，堪称完美，我将其归功于这种酒的效果。日复一日，周而复始，它就像时钟一样有规律。现在，亲爱的，如果你现在就吩咐一下，把这些东西放在浴室里，不要动，等我回来，这样等我到家的时候一切都会准备就绪，好不好？我喜欢写回家的事情——好像明天就可以回家一样。我喜欢想象自己在午夜按响门铃——等一两秒钟——然后就有人转动门把，问道："谁呀？"——随后亲来亲去——下一幕就是我们俩在浴室里，我边喝鸡尾酒，边脱衣服，你站在旁边——然后就上床睡觉——一切都称心如意，欢乐幸福。亲爱的，我真的好爱你，也好尊敬你呀！

萨姆

我们的出生和存在，
就是为了彼此

马克·吐温致欧莉维亚

> 如果音符能够记录人们的一言一行，那么我们的婚约已经刻在天堂永恒的唱片里了。

亲爱的欧莉维亚：

为什么要解除我们的婚约，亲爱的？我宁愿去死。不要这样做，莉维，如果音符能够记录人们的一言一行，那么我们的婚约已经刻在天堂永恒的唱片里了。我们的出生和存在，都是为了彼此，再也不能有意分离，就像大自然的力量无法抗拒创造它们的上帝一样。无形的锁链把我们锁在一起，这些锁链如同联结山脉的花岗岩一般坚固，它比金字塔更为悠久，嘲笑人类易逝的繁华——这些锁链本身就是永恒的化身，从来不知死亡是何物。

你说得对，我们不会解除婚约。不然，我的生命从此只是空虚和愚蠢的存在，因为我无比确信，我无法像爱你一样爱上别的女人。否则，生命只会化作牢笼，死气沉沉，毫无爱意。

……

亲爱的，愿上帝与你同在，愿天使守护着你。

萨姆

1869 年 5 月 9 日

于哈特福德，康涅狄格州

在我认识的人中,你是最好、最真诚、最善良可爱的那一个。

海明威

诺贝尔文学奖获得者海明威（Ernest Miller Hemingway）一生用笔尖细致刻画了无数时代的洪流和人性的迷惘，却从未描写过圆满的爱情。现实中的海明威，一生风流韵事不断，有过四段婚姻，还与好莱坞女星玛琳·黛德丽保持了长达三十年的"柏拉图"式恋情。

然而，在海明威的晚年回忆录《流动的盛宴》中，这位硬汉作家写下了这样一句话："我爱她，我并不爱任何别的女人。我们两人独处的时候，过的是魔幻般的美好时光。"

"她"便是海明威的第一任妻子哈德莉。在文学史上，她只是海明威身后一个浅淡模糊的影子，几乎不曾发声，很

1. 伏案写信的海明威
2. 海明威与哈德莉结婚照

少有人知道她的存在。在有关海明威的各种传记中，这段感情也无不匆匆掠过。然而哈德莉对海明威的人生和事业影响巨大，可以说没有哈德莉，就没有今天被全世界所熟知的海明威。

二十世纪二十年代，二十岁的海明威从意大利战场退役，与二十八岁的

哈德莉在巴黎相遇。哈德莉来自圣路易斯的一个中上阶层家庭，是个年轻有为的钢琴家。两个率真而富有才华的年轻人一见倾心。

相识十个月后，二人在一座破旧的乡村教堂里举行了婚礼。当时的海明威只是一名编外记者，没有稳定的收入，而哈德莉从未抱怨。她陪他度过了在巴黎穷困潦倒、寂寂无名的日子，默默地支持着海明威心中的作家理想，在他二十二岁岁生日的时候，花光自己的积蓄为他买了一台打字机。海明威用它敲出的第一行字是："你是我的唯一，是甜蜜，是温柔。"那是他们最甜蜜的时光，他们发誓要彼此相爱，永不背叛。

随着海明威的处女座《三个故事和十首诗》的出版，他渐渐有了名声，身边的女人也多了起来。加上儿子邦比的出生，他和哈德莉的生活渐渐有了矛盾和波澜。这时，海明威身边出现了一个叫波琳的女人，她比海明威大四岁，曾经做过模特，是个极具魅力的女人。她主动对海明威投怀送抱，海明威没有拒绝，他接受了她，并主动向哈德莉坦白，提出离婚。

不久，海明威和波琳结婚，过上了顺心如意的生活。然而他们的好日子并没有维持多久。1937年，西班牙内战爆发，作为战地记者奔赴前线的海明威遇到了记者玛莎·戈尔霍恩。她美丽大方，精明能干，海明威很快与她结婚。然而，独立的玛莎无法忍受海明威的任性，他们最终于1945年离婚。这段婚姻给彼此都留下了深深的怨念。

海明威的最后一任妻子是《时代》周刊记者玛丽·韦尔什。她勤勤恳恳，全身心地投入了与海明威的婚姻生活，并为了他放弃了工作，一直陪伴着海明威。

在海明威的晚年，虽有玛丽的陪伴，然而自己年轻时与哈德莉一起度过的简单、朴素、天真的生活，却成为他最思念、最追悔的回忆。哈德莉如同美好的理想一样珍存在海明威的脑海里，他在自杀前曾写道："我多希望在还只爱她一个人的时候就死去。"

在我认识的所有人中，
你最无与伦比

海明威致哈德莉

> 66 我们就像两个踉踉跄跄、摇摇晃晃的拳击手，谁也不会发出决胜一击，结束搏斗，开始创伤之后的愈合和恢复。99

我最亲爱的哈德莉：

非常抱歉，我见到你之后才收到你的来信，也很抱歉我当时根本不知道你心里的想法，不知道你做了什么样的决定。我提起了一些我们之间默认不当面讨论而只在信上说的事情，再三伤害了你。

我觉得你的信就像你的所作所为一样，十分勇敢、无私、大方。

过去的一周，我发现我和波琳都在无意间不断向你施加离婚的压力，我感到非常惊恐。你担心我们会失去彼此，你自然会有这样的疑心，也有理由反对我们结婚。一直以来，你的反应总是对的，我也相信你的反应，正如我相信你的头脑一样。

我想，也许当我和波琳发现我们那样对你有多残忍的时候，我们意识到继续这样残忍下去根本得不到幸福——你不想离婚，觉得离婚并非不可避免。我和她可以不在一起，我们不会逼你同意离婚。我们会给你时间，多久都行。我希望你能感受到我的真诚，也许这样可以让你不再反对我们两人的结合，尽管你的本能反应是正确的，我们两人也似乎不配拥有彼此或其他任何事情。

倘若你现在希望与我离婚，我会立刻着手办理相关细节、同律师接洽。或者至少我会开始着手处理你在信中要求的事宜，并写信告诉你我了解到的情况。

若是你不想现在离婚，而是想等到波琳回来或更晚些时候，一切听从你的意愿。

这一步无可避免，我觉得对大家都好。事情一旦开始，一切都会明朗起来。亲爱的哈德莉，不是我要试图影响你，加快事情处理的进度。只是我们就像两个跟跟跄跄、摇摇晃晃的拳击手，谁也不会发出决胜一击，结束搏斗，开始创伤之后的愈合和恢复。

还有一件事，我不知道你去美国的打算，但还是觉得你不该为了去美国而仓促离婚。也许你到那儿之后会发现美国并非你心中所愿。

……

无论什么情况，不管你做什么，我都给斯克里布纳写信，让他把《太阳照常升起》的版税全部支付给你。我们一起把预付款花掉了，这本书卖掉3000册后才开始支付版税，并且每本书的版税会快速涨到30美分。根据潘金斯在信里所说的印刷数量和他们将要做的推广，那将会是很大一笔钱。

任何情况下你都可以绝对信任盖普给你的版税，盖普答应这本书在一月至三月出版，我已经告诉我的经纪人，让他把盖普支付的先行发售的版税给你，前3000册有10%的版税，3000~5000册是15%的版税，超过5000册有20%的版税。这本书在英国可能会有不错的销量，版税也很可观。

请你不要拒绝我的提议，我做了那么多伤害你的事，这是我唯一能补偿你的了，请一定答应我。

我缺钱花不要紧，这事好解决，我可以问斯考特、爱舍或马菲斯借，他们都是有钱人。我也可以先用波琳的钱，她的叔叔格斯似乎总想给她钱花。同时我自己也需要金钱方面的压力，厘清财务，重新开始。这些书各方面的收益归你所有，我在写书的时候有你的支持和帮助，若非有你嫁给我，若不是你的忠诚、奉献、激励、爱和实际的资金支持,我也写不出《在我们的时代里》《春潮》或者《太阳照常升起》这些书。

我本欲加上《在我们的时代里》和《春潮》这两本书,但一本还在赔钱,另一本可能也赚不了钱。

我立了一份遗嘱,给我的经纪人和出版商写了信,万一我死了,过去和将来所有书的收入都给邦比,你可以代为保管。

我必须亲眼看你拿到《太阳照常升起》的版权,哈德莉,你就当作礼物收下吧,千万不要拒绝,这是你应得的。如果你能大度地作为礼物收下,我会非常高兴。

这笔钱至少有几百美元,有了这笔钱,你就可以放心去美国,用不着担心钱的问题了。你不在的时候,我会照顾好邦比,尽到一个父亲应有的责任。我也保证,如果波琳在这期间任何时候来这儿,都不会与邦比碰面。如果你担心这件事的话,就放心吧。

我们的对话使你感到迷惑,你的来信中有几句疑问。你说你离开三个月事情就正式结束了,对你会不会有影响。如果你不在意的话,我敢肯定结束三个月的分离,我和波琳都会很高兴。她也许一月回来,也许她想回来的时候回来。关于这一点请告诉我,也让我知道你是否愿意让我告诉波琳信里的内容。

很抱歉说了这么多，肯定还有些事情没说到。我会常常去看望邦比的。我想，也许邦比最幸运的一件事就是有你这个母亲。你不知道我有多么羡慕你坦率的思想、你的头脑、你的心和你可爱的双手。我祈求上帝抚平我对你的伤害——在我认识的人中，你是最好、最真诚、最善良可爱的那一个。

欧内斯特
1926 年 11 月 18 日

热恋时结婚，空闲时反省

海明威致哈德莉

> 我自己一个人在这儿的时候，孤单得像被抛弃了一样。

亲爱的哈德莉：

邦比写信告诉我你住院了（第一封信差不多有三个月了，他肯定出国了），因此匆忙写信给你，希望你没什么大碍。无论如何，向你表示关爱，祝你早日康复。可怜的坎特，我不愿看到你生病，希望你现在就好起来。这封信带给你我的爱和祝福，希望你能尽快恢复。

随信附上还你的钱，就是邦比来我这里休假时你垫付的钱。我太自私了，只想让他来我这里。我猜你已经在密歇根见过他了，他太爱这里了，这个地方代表着浪漫和欢乐。我总是给他很多忠告，我想这对他有好处。我之前就想给你寄支票，但来来去去太忙了，玛蒂也不在的时候我太孤独了（她去伦敦看望科利尔了，我看上去也必须出去工作三个月，回来后一个人待在这里），只有小猫陪着我喝一些酒。另一件事就是睡在地板上，看着卡帕·哈特玩耍，所有的信件都堆在两个大木头箱子里。

万一你在医院或卧床休息，可能想听点儿有趣的事或消息，我就跟你讲一讲这儿的猫吧。我总共养了十一只猫，母猫叫泰斯特，来自佛罗里达"银色黎明猫舍"，是一只波斯猫。她跟一只叫迪林杰尔的黑白色猫（来自海边一个叫柯基玛尔的渔村）生了一只小猫特拉斯特。它们还生了几只猫分别叫毛屋、胖胖、没朋友和没朋友的弟弟。还有两只可爱的黑色波斯猫模样的小猫，两只迷你版的黑白色迪林杰尔。我们还有一只灰色的雪豹猫名叫昂恩·伍尔夫（也是波斯猫）。还有一只来自瓜纳瓦科阿的虎斑猫叫古德·威尔，是根据纳尔逊·洛克菲勒起的名字。目前还有两只半大的小猫叫瞎猫（生来就瞎），是特拉斯特和她父亲所生。那就说得通了，是吧，胖女士？万莉也叫小凯蒂，是这群猫里最漂亮的，呼噜呼噜，能把你震出医院。

这个地方太大了，所以看上去好像没那么多猫，只有在喂食的时候，它们像大规模移民一样涌出来。

我们还养了五条狗，一条是指示犬，其他几条是小杂毛狗，瓦克斯狗那种。

当玛蒂和孩子们在这儿的时候很热闹，我自己一个人的时候，孤单得像被抛弃了一样。我训练昂恩·伍尔夫、迪林杰尔还有威尔沿着围栏走向门廊柱子的顶端，或搭一个狮身金字塔。我还训练没朋友和我一起喝酒（威士忌加牛奶）。即使有它们的陪伴也代替不了妻子和家人。

我这一生从未有过这么多的时间去思考，尤其在船上的夜晚。因为睡眠习惯，我在这儿睡不着，于是怀着愉悦和崇拜的心情想起了你，你一直以来都很好。你发现了吗，邦比参军后，他在大学里养的膘不见了，人比以前更帅了。

鉴于我和猫待在一起的时间太久了，也亲眼见证了它们经历的一切，我也不在乎我没有女儿了。有一天我在船上想到，人们热恋时结婚，闲暇时又会反悔。又想到关于监护权的事，监护是对忠贞最好的证明。也许我会变成连环漫画中的亨利·詹姆斯。

再见了，我最亲爱的凯瑟琳·坎特，保罗不会介意我仍然爱你。因为了解你的话就知道如果我不爱你我才会疯呢，我疯过，但不会太久。海上天气不好的时候，就唱唱老歌，比如："哦，我的先生们""你们有长羽毛的猫吗"或"长羽毛的凯蒂爱说谎"。巴斯克船员以为这些是我们国家的民歌。

　　他们说是就是吧,快好起来吧,你自己保重,保罗也是。

塔迪

1943 年 11 月 25 日

雪莱

雪莱（Percy Shelley）是英国著名的浪漫主义诗人，被认为是世界历史上最出色的英语诗人之一。1792年，他出生于英国一个世袭男爵家庭。1811年，他进入牛津大学读书，由于天生叛逆，追求思想自由，他所写的论文惹怒了顽固保守的教授，他随后被学校开除。父亲一气之下把他赶出了家门。

不久之后，他与妹妹的同学哈丽特一见钟情并私奔结婚。婚后不久，他们的思想差距渐渐显露，充满矛盾的生活和精神世界很快将最初的浪漫和激情淹没。

随后，雪莱在拜访哲学家、小说家威廉·戈德温时，见

1. 雪莱
2. 玛丽

到了他的女儿玛丽。在此之前，玛丽早就听闻雪莱的名声，对他十分仰慕，这次的见面更使得她对雪莱的感情迅速升温。在玛丽的追求下，雪莱接受了她，并不顾已经怀孕的妻子哈丽特，带着玛丽私奔。他的种种做法激怒了英国上流社会，他们不得已离开了英国，开始了长达十年的流亡。尽管生活艰难，他们婚后一直琴瑟和鸣，伉俪情深。那是一段快乐的时光，他们经常饮着托卡伊的美酒，写诗唱和，为彼此带来灵感和才思。在雪莱的影响下，玛丽于1818年创作了《弗兰肯斯坦》——一部在今天仍然备受关注的伟大著作。

与他们同行的是玛丽同父异母的妹妹克莱尔。在此期间，雪莱进入了他一生创作的黄金时期，先后写下了《西风颂》《解放了的普罗米修斯》《给英格兰人的歌》等传世名作。然而，在他的生活中，悲剧却一个接一个地上演：哈丽特在被他抛弃后不久便溺水而死；克莱尔苦苦单恋他无果，与他的朋友、同是享誉盛名的浪漫主义诗人拜伦生下一个孩子之后选择了自杀；两年后，他的好友、与他齐名的著名诗人济慈逝世。在这接二连三的打击下，他仍然写出了"冬天来了，春天还会远吗？"这个带给后世人们无限希望的句子。

1822年，雪莱在海上遭遇风暴船沉失事，年仅三十岁。

玛丽伤心欲绝,立志整理雪莱的遗作,相继完成了《雪莱诗遗作》和《雪莱诗集》两部世界文学史上重要的著作。雪莱的尸体火化后,人们惊讶地发现他的心脏并没有被焚化。于是人们将他的心脏埋葬于罗马的新教徒公墓,墓碑上刻着拉丁语的铭文——"众心之心"。

雪莱之墓

我不知道邮车何时开

雪莱致玛丽

> 心爱的人啊,愿你健康,愿你快乐。快来到我的身边吧!

最亲爱的玛丽:

我们昨天晚上 12 点才到,现在是第二天早饭前。今后如何,我自然是无法告诉你的,但这封信我会等邮车开走的时候再封上,虽然我不知道邮车何时开。如果你等急了,就顺着这封信往下看吧,你会看到另一个日期,是为了说其他事准备的……

我们坐着贡多拉[①]从帕多瓦来到这里,这一路包括船夫,都和我谈论拜伦,我甚至都没有主动开口。他说他是英国人,名字起得很奢侈,听起来就像生活奢华、花钱大手大脚的人。拜伦似乎也坐过这个人的船。

[①]一种威尼斯尖舟,船体纤细,造型别致。

从佛罗伦萨到帕多瓦，我们全程都在畅谈下一次的旅行。在帕多瓦，我前面提过，我们坐了一艘贡多拉，三点钟离开。贡多拉是世界上最方便、最漂亮的船。船上铺着精致的地毯，船身装饰成黑色。供人倚靠的长塌非常柔软，布置成最适合乘客倚或坐的样子。这里的天气确实极冷，昨天还下雨了。半夜时分我们在狂风暴雨、电闪雷鸣中经过了拉古纳河。风猛烈地刮着，海面波动着星星点点的光。威尼斯在大雨里若隐若现，闪烁着朦胧的灯光。我们都安然无恙，只不过克莱尔待在小屋里时不时有点害怕。

雪莱致玛丽书信手迹

三点钟我去拜访了拜伦，他看到我很高兴，一见面就问我因何而来……

好吧，亲爱的玛丽，这次谈话到此为止，因为那一刻我不知道往下该说什么。他带着我坐上贡多拉，我们

雪莱致玛丽书信手迹

穿过拉古纳河,来到一座长长的沙岛上,这个岛使威尼斯免受亚得里亚海的侵袭。我不太情愿,因为我想回去找克莱尔。我们下船时,发现他的马在等我们,我们沿着海边的沙滩边骑马边聊天。我们谈论了他受伤的感情史,聊了一些关于我的事情,以及我们的友情和对我的关心。当我们回到他的住处时,谈到了文学方面的问题——他说他的第四章节非常好,是的,的确,他还向我复述了一些充满活力的诗节……

亲爱的,在给你写这封信的时候,时不时有人来打扰我。船就要来了,接我去银行。埃斯特这个地方很小,房子不难找到。这封信大概四天就会到了,一天打包行李,四天在途中,算一算,我们大概九、十天就可以见面了。

我赶不上邮车了,不过我派了一辆快车去追。随信附上50英镑的汇款单。我现在有好多事要做!实在是太忙了!

心爱的人啊,愿你健康、愿你快乐。快来到我的身边吧!

你忠诚而痴心的
P. B. S.

代我吻我们那两个蓝眼睛的小家伙,别让威廉忘记我。克拉肯定是不记得我了。

冥冥之中的力量

玛丽致雪莱

> 66 晚安,我的爱人。明天我要给你晚安吻,把我,你的玛丽,印在你的心上。99

雪莱:

　　昨天见你糟糕透了!亲爱的,难道我们一直到6号都要这样相处吗?我早上一醒来就转过头看你,亲爱的雪莱,你看上去孤独又难受。我为什么不能陪在你身边、让你高兴、把你铭记于心呢?啊!我的爱人,你没有朋友,那为什么要离开一个爱你的人呢?我今晚会见到你,这是我一整天活下去的希望。亲爱的雪莱,开心点,记得想我!我知道你有多么地爱我,又多么悔恨离开我。我们之间什么时候才能摆脱背叛感呢?我把之前提到的哈丽特的信和昨天我们收到的范妮的信寄给你了,我来的时候会告诉你这次的面试情况。我昨天累得要命,只好坐马车回家。请原谅我这一次的奢侈,因为我现在身体很虚弱，一整天都很烦躁，实在站不住了，不过，休息一上午就缓过来了。晚上见到你时，我会好起来的。你五点钟到咖啡厅门口好吗？因为进那些地方很不舒服。我正好在那个时候到，我们可以去圣保罗教堂坐坐。

我把《第欧根尼》这本书寄给了你，因为你没有书看。胡克汉姆脾气不好，没有把我要的书寄出去。亲爱的，我的信到此为止。

他们是什么意思？我讨厌戈德温太太，她折磨着我的父亲，使他没有自己的生活——好吧，没关系。为什么戈德温不听从自己的内心情感，与我们和好呢？不，他的偏见，这个世界，还有她，所有这些都禁止他这样做。我该怎么办？当然，只能相信时间了，除此之外我还能做什么呢。晚安，我的爱人。明天我要给你晚安吻，把我，你的玛丽，印在你的心上。也许有一天她会和自己的父亲和好；但在那之前，请做成为我的一切吧，亲爱的。我会做一个好女孩，永远不会让你烦恼。我要学希腊语，还有——晚安，我累坏了，也困极了。明天一个吻就够了！

玛丽
10月25日

附：雪莱为玛丽所作情诗《给玛丽》

给玛丽

哦，亲爱的玛丽，多想你能在这里，
你的棕色眼眸明媚又清澈。
你的声音，甜美如鸟啼，
向它常春藤树荫里孤单的爱侣
倾诉爱意时的婉转嘤咛，
堪比世间最甜蜜的声音！
你的额头……
胜似意大利
那蔚蓝的天空。
亲爱的玛丽，快来我这里，
你不在身边，我思绪万千；
亲爱的，你对于我，
正如日落对圆月，
正如黄昏对星辰。
哦，亲爱的玛丽，多想你能在这里，
城堡也轻声回响："这里！"

爱情是真实的，是恒久的，是我们所知道最甜也是最苦的东西。

夏洛蒂·勃朗特

家喻户晓的英国著名女作家夏洛蒂·勃朗特（Charlotte Brontë）自小就有着感情丰富而柔软的内心，渴望有一个真正能够称得上是知音的男人做她的丈夫。在二十六岁那年，她与妹妹艾米莉来到欧洲名城布鲁塞尔学习法语。在那里，她受到了她所崇拜的修辞学老师康斯坦丁·埃热的指导和赏识。埃热先生在法国文学上造诣颇深，身上还有一种独特的男性气质，但脾气却暴躁易怒。用夏洛蒂的话来说："他是一个矮小、黝黑的丑八怪，一张脸上的表情瞬息万变。"然而，他渊博的学识却拨动了夏洛蒂那富于情感的心，她对埃热先生产生了一种超乎学生对恩师的爱戴之情，无可救药地爱上了他。但尽管她的为人、信念都不允许她对一个有妇之夫产生非分之想，她还是情难自抑地经常写信给他，倾诉自己的爱慕之情。如果说这是爱情的话,那多半是一种"柏拉图"式的精神恋爱。对于她的狂热,埃热的反应非常冷静,他几乎不给夏洛蒂回信,并且将事情的来龙去脉都告诉了自己的妻子,夏洛蒂由此受到埃热夫人的忌恨与冷遇,

夏洛蒂·勃朗特

这使她在感情上受到了沉重的打击。

　　夏洛蒂离开了布鲁塞尔,回到了自己的家乡。她忍受着内心巨大的痛苦和感情上的折磨,毅然终止了和埃热先生的联系。就在"山穷水尽"之际,文艺女神给夏洛蒂投来了希望之光,写作成为夏洛蒂姐妹生活中的一盏明灯。三十岁那年,夏洛蒂创作了第一部长篇小说《教师》,两个妹妹艾米莉和安妮则创作出了《呼啸山庄》和《艾格尼斯·格雷》。夏洛蒂不懈地奋斗,相继写出了《简·爱》等震惊英国乃至全世界文坛的经典之作,一举成为世界瞩目的女作家,为英国文学史写下了光辉的一页。

　　与此同时,夏洛蒂抛弃了"伴侣必须才华横溢"的想法,

与父亲的助理牧师亚瑟·尼科尔斯结婚。他们的婚姻生活平淡而快乐，尼科尔斯的坦荡和真挚带给了夏洛蒂安全感和自由，后半生过得安宁而稳定。

我渴望你的信

夏洛蒂致康斯坦丁·埃热

> " 一个人身体懈怠了，精神就会遭受痛苦。"

先生：

我很清楚还未轮到我给你写信。但是惠尔赖特太太马上要去布鲁塞尔了，而且她很乐意为我捎信。我似乎不该浪费这次给你写信的机会。

这学年快要结束，假期也快到了。我为你感到高兴，先生。因为我听说你工作太辛苦了，身体状况不太好。所以我克制自己，不要抱怨你长时间的沉默。我宁愿六个月都没有你的消息，也不愿给你一丝一毫的负担——你本身的负担已经够重，快要压垮你了。我还记得现在正是写作文的时间，不久就要考试、发奖。整整这段时间你都得困在教室里，呼吸着令人窒息的空气，筋疲力尽地给学生讲解、提问，从早说到晚。到了晚上又得看这些枯燥的作文，修修改改，甚至重写。啊，先生！我从前给你写了一封不太理智的信，当时我太难过了，不过我不会再这么做了，我以后将努力不再这么自我。尽管我将你的来信看作最大的幸福，但还是会耐心等待，直到你乐意或你觉得合适的时候再写给我。这期间我可以时不时地给你写信——你曾允许我这么做。我很害怕我会忘掉法语，因为我坚信将来有一天我会再次见到你，虽然我不确定什么时候，以何种方式，但既然我如此渴望，便一定能见到。到时候，我可不想在你面前变成哑巴。如果见到了你却不能和你说话，就太不幸了。为了避免这种不幸，我每天都会背诵半页的法语口语书。我很喜欢学这门课，先生，我在念法语单词时，就像在和你聊天一样。

曼彻斯特有一所大型寄宿学校最近刚刚聘用我担任主讲师，年薪100英镑，合2500法郎。但我不能接受聘请，因为接受这份工作意味着得离开我父亲，我不能离开他。不过我有一个打算（一个人离群索居待在家里，脑子里不免会有些想法，希望能忙碌点，并从事一项积极的事业）：我们的教区牧师住宅是一座相当大的房子，稍作改动，便能容纳五、六个寄宿生。我若能从清白体面的家庭中找到这么多孩子，就能从事教育的工作。艾米莉不太喜欢教书,不过她可以管理家务。尽管她性格内向,但心肠很好,宽厚仁慈,会尽最大的努力照顾好孩子们。至于秩序、经济、严格的管理,等等,这是些艰难的工作,也是开办寄宿学校最基本的事务,我愿意负责这些工作。

  这就是我的计划,先生。我早已向父亲解释过,他也认为这个计划很好。现在就剩下招生工作了,这可不容易。我们住的地方离镇里很远,周围群山环绕,人们不愿意翻山越岭来这里。但话说回来,没有难度的工作也缺乏价值。能克服种种障碍,我自受益匪浅。我不是说我一定会成功,但我要试图取得成功。努力本身就对我有所助益,我最害怕的就是无所事事、没有工作、懒惰无力,甚至身体功能全部倦怠慵懒。一个人身体懒怠了,精神就会遭受痛苦。若我能写作的话,就不会有这方面的精神问题。从前有段时间我一连几天、几周,甚至几月不停地写作,也并非白费力气,因为我曾给骚塞和柯勒律治[①]这两位我们这儿最优秀的作家寄过手稿,他们都高兴地表示赞赏。但现在我的视力太差了,再写下去眼睛会失明的。视力不好对我来说是一个特别严重的阻碍。若非如此,你知道我会做什么吗,先生?我会写一本书,献给我的文学老师——我唯一仅有的老师——就是你,先生。我总是用法语告诉你我有多么尊重你,多么感激你的好意、你的建议。我想要用英语说一次。

[①] 罗伯特·骚塞和塞廖尔·泰勒·柯勒律治都是英国十九世纪浪漫主义诗人,他们与威廉·华兹华斯并称"湖畔派"诗人。

但这不可能实现了，文学行业现在对我紧闭大门，我只有从事老师这个行业了，这对我来说不如文学有吸引力，不过没关系，我将踏入这扇大门，若不能有所建树，一定不是因为我不够努力。你不也一样吗，先生？你曾想做一名律师，但命运和天意却让你成为一名教师。尽管如此，你还是快乐的。

  请向夫人转达我的敬意。玛丽亚、路易丝和克莱尔怕是早已忘记我了，普罗斯彼尔和维多琳原也不大认识我，但我全部记得他们五个。特别是路易丝，她的性格多么天真可爱，小脸多么真诚啊。

  再见先生！

感激你的学生：夏洛蒂·勃朗特
1844 年 7 月 24 日

我不请求你尽快给我回信,不想太过打扰你。但你太好了,没有忘记我一直想你回信,是的,我非常渴望。好吧,按照你的意思做吧,先生。事实上,我如果收到了信,但想到你是出于怜悯写给我的,那会让我很伤心的。似乎惠尔赖特太太先去巴黎,然后才去布鲁塞尔,但她将在布罗纳把我的信寄出去。再次向你道别,先生。即使在信里说再见也很难过。哦,我有一天肯定会再见到你的,我一赚到足够的钱就会去布鲁塞尔见你,哪怕只是一小会儿。

今晨我特别高兴

夏洛蒂致康斯坦丁·埃热

> 你的体贴善良永远不会从我的记忆里消失,想到这个我就心存温暖。

先生:

在过去两年里,我很少像今晨这么高兴。因为我熟识的一位先生要经过布鲁塞尔,他答应替我给你带一封信,由他或是他妹妹交给你。因此我确定你已经收到了这封信。

这封信我不打算写很长。首先时间来不及,信必须立刻送出去;其次我担心你会厌烦。我想问问你,五月初和整个八月是否收到了我的信?六个月以来,我一直盼望着你的回信,先生。我等了六个月,确实是很长一段时间!不过我不抱怨,我的一点悲伤将得到丰厚的回报。你如果现在愿意给我回一封信交给这位先生或他的妹妹,他们一定会交到我手上的。

尽管这封信可能会很短,我也很满足。别忘了告诉我你最近怎么样,先生,当然还有夫人、孩子、老师和学生们。

替我父亲和妹妹向你问好。我父亲的病情加重了,但尚未完全失明。我的两个妹妹身体很好,我可怜的弟弟总是在生病。

再见,先生。我期望尽快听到你的消息。你的体贴善良永远不会从我的记忆里消失,想到这个我就心存温暖。这份回忆和对你的敬意将在我心中永存。

你忠诚的学生:夏洛蒂·勃朗特
1844 年 10 月 24 日

我刚刚把你在布鲁塞尔给我的所有书装订了起来。光是看着它们我就很高兴。这些书都可以开一家小小的图书馆了。有《伯纳丹·德·圣彼埃尔全集》,有帕斯卡尔的《思想录》,一本诗集,两本德文书,还有你在授奖大会上的两篇演讲——这两篇的价值胜过了其他任何一本书。

当我进入梦乡时，
你就会闯进我的梦境

夏洛蒂致康斯坦丁·埃热

> 我的外表十分平静，但内心却无比挣扎。

康斯坦丁·埃热：

泰勒先生回来后，我问他有没有我的信。"没有，什么也没有。""再等等，"我对自己说，"他妹妹也要回来了。"泰勒小姐回来后跟我说："埃热先生没有什么让我带给你，没有信，也没有只言片语。"

当我反应过来这些话的意思后，我安慰自己："你要接受事实，不要为不该承受的不幸而悲伤。"如果别人遇到这样的情况，我也会这么安慰对方。我强忍泪水，不去抱怨。

一个人越是不抱怨，越是压抑自己的情绪，身体就越会产生抵抗。我的外表十分平静，但内心却无比挣扎。

日日夜夜，我无法平静，也无法入眠。如果睡着了，梦境就会来折磨我，梦里你总是神情严肃，对我大发雷霆。

如果我又给你写信了，请你原谅我，先生。我不努力减轻痛苦，如何能忍受生活呢？

我知道你看到这封信会不耐烦，你会觉得我又在发神经，说我的思想消极。也许你是对的，先生。我不想为自己辩解，我愿意承受所有的指责。我只知道自己不能接受失去与老师之间的情谊。我宁愿承受身体上巨大的痛苦，也不愿忍受心灵撕心裂肺的痛楚与悔恨。如果老师你不再与我为友，我将彻底失去希望。如果你给我哪怕一丝丝的友谊，我就会很满足，很开心，也就有了生活和工作的动力。

先生，穷人自是不需要太多生活成本，哪怕只有从富人餐桌上掉下来的一点面包屑就足够了。若是连这些都没有，他们就会饿死。我亦如此，我并不需要我爱的人给我太多情谊，全身心的情谊反而让我不知所措。在布鲁塞尔，你作为我的老师，曾给我一点关怀，我寄希望于保持这点关怀，正如我寄希望于生活。

也许你会说："你已经不再是我的学生了，夏洛蒂

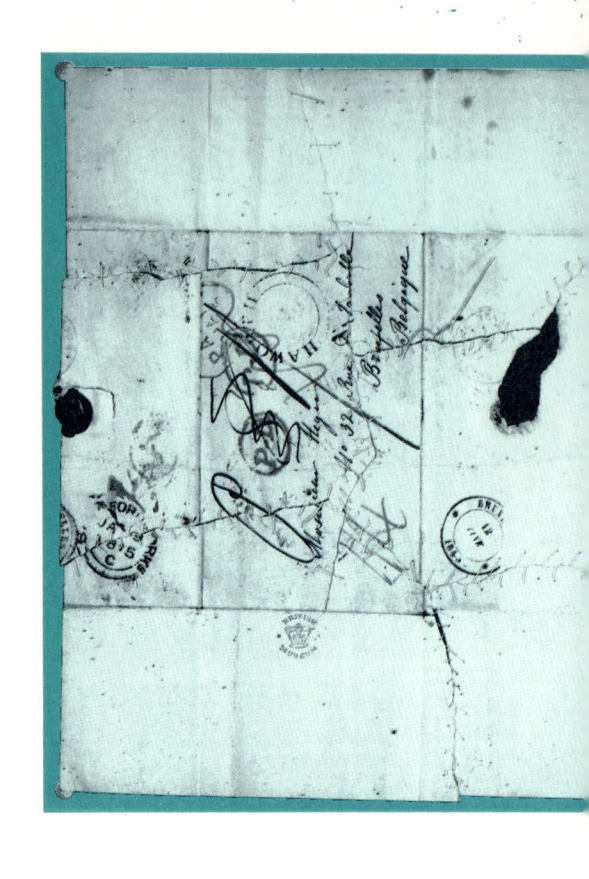

小姐,我不再有义务关心你,我甚至已经忘了你。"

如果是这样,先生,就请你坦诚告诉我吧。虽然这对我来说是一个不小的打击,但没关系,总比模棱两可要好。

这封信我不想读第二遍,一写完我就寄出去。其实我大概能意识到,冷静理性的人看到这封信会说:"她完全在胡言乱语。"我只希望这些人某天能体会我这八个月来所承受的痛苦,看看他们是不是也会像我一样。

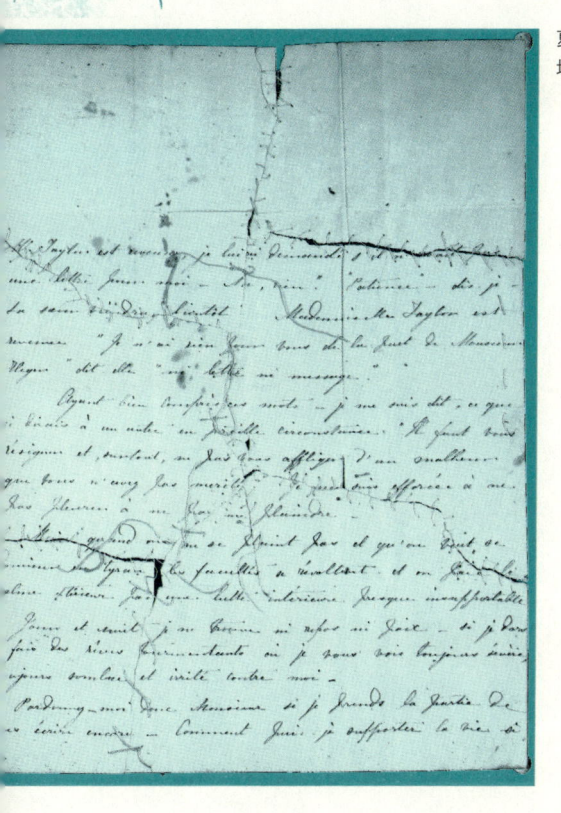

夏洛特·勃朗特致康斯坦丁·埃热书信手迹

　　一个人只要有力量忍受，就不会声张。若是失去了这份力量，说话就会无所顾忌。

　　祝先生一切顺利，幸福安康。

夏洛蒂
1945 年 1 月 8 日

若我会再见到你,事隔经年。
我将如何贺你?
以沉默,以眼泪。

拜伦

十九世纪伟大的浪漫主义诗人乔治·戈登·拜伦（George Gordon Byron）出生于英国的一个没落的贵族家庭。他父亲生活挥霍无度，负债累累却仍旧赌博、四处调情。他将一家人的财产败光之后，便抛下母子二人不知所踪。拜伦的母亲因此精神上受到了刺激，常常迁怒于拜伦，拜伦的童年时代受尽了折磨，所以他也很早熟。从十四岁起，他便开始了丰富而曲折的罗曼史。

拜伦

拜伦的初恋是他青梅竹马的表姐玛格丽特·帕克,玛格丽特比他大一岁,两人自小感情很好。然而在一次意外中,玛格丽特不慎跌伤,脊骨受损,不久便不幸离世了。拜伦十分悲痛,于是写下了诗歌《悼玛格丽特表姐》,从此,拜伦也开始了坎坷的爱情生涯。

十五岁那年,拜伦与一个叫玛丽·安·查沃思的少女相识并产生了爱情。尽管两人很相爱,但两年之后,她却和一个贵族公子结了婚。年轻时的拜伦在回忆与她的交往时,遗憾地说:"热情只是我单方面的……她喜欢我只像喜欢一个弟弟一样。"

三年后,一个名叫伊丽莎白·皮戈特的女孩闯进了他的生活。两人迅速坠入了爱河,爱情的力量鼓舞着年轻的拜伦努力作诗,在女友的鼓励下,拜伦在第二年出版了他第一本诗集《闲散的时光》。这时的拜伦正在英国剑桥大学读书,他俩的关系一直维持到拜伦获得学士学位为止。最后由于种种原因,拜伦的恋爱再次失败。

二十七岁那年,拜伦与安娜·密尔班克结婚。此时的拜伦早已蜚声全国,被誉为"英国文坛上的拿破仑"。但两人的婚姻生活却并不愉快。拜伦最终还是无法忍受,离开了英国。他的名句"所有的悲剧以死亡结束,所有的喜剧以婚姻告终",就是源于他对这段婚姻的悔恨。

在威尼斯,拜伦认识了美丽、坚强、见多识广的泰雷萨·格维奇阿利伯爵夫人，二人互相欣赏，渐渐坠入爱河。为了与拜伦在一起，泰雷萨毅然与丈夫分居。此后他们过上了幸福而安稳的生活，在此期间，拜伦的文学创作走向了巅峰，《哀希腊》《但丁的语言》《天与地》等优秀名作都是那时候创作的。

1824年，拜伦奔赴前线，不幸患病逝世，时年三十六岁。

曾爱过你，是痛苦的

拜伦致安娜

> ❝ 至于我，我对掌握自己的命运充满信心，这份自信让我能渡过难关。❞

　　汉森先生给我写了一封信，告诉我他与拉尔夫·内尔先生通信的结果（他抄写了一份给我），还有关于我们女儿的问题与勒欣顿医生见面的结果。我还得知去年春天拉尔夫·内尔先生向法庭递交了针对我的诉状，我头一次听说这件事，但不太明白诉状的目的。

　　无论这些讨论或解决方案可能或已经导致的结果如何，都不是我先挑头的；但既然开始了，我也不会退缩。无论发生什么，我都珍惜一切，尽管希望渺茫，我也期待能破镜重圆；我终于可以确信，这毫无疑问是徒劳的。全面考虑后，这份期待虽不乐观，但还是诚挚的。我珍视这份感情，也将它视作一种病态的迷恋：现在我后悔舍弃了它，或许比与你分开更痛苦。

一般不用解释人们也知道，分居后，所有的法律诉讼都会终止。我猜不到这份诉状是什么原因。不过目的很明显：剥夺我做孩子父亲的权利，我不应该受到这样的对待，因为我没有也不打算虐待孩子。你和你们那帮人可能对我所承受的伤害感到很满意。你即使未谋划这些伤害，至少也有授意。我知道你会辩解说这是责任和正义，但"行不义者即是恶劣"，若这句法国格言分量不够重，我可以用更古老的语言和更高的权威表达，以谴责你这种行为，或许这样你的内心才会时时遭受诘问。

在整桩不愉快的事件中，尽管我们之间存在痛苦，但我已尽最大努力去避免；倘若你偶尔回首，想到一个男人，为了家庭生活的便利，牺牲了名誉、情感，牺牲了一切，这是你曾经爱过的人，而他也——无论你怎么想——曾爱过你，每当这时想必你也是痛苦的。你若认为我会报复你，那你就错了，我还不至于去报复你。也许我曾十分恼怒，现在也是如此——这不奇怪吧？但从你离开我的那一刻起，到我意识到我们的女儿将成为我们不和的牵绊，成为我们痛苦的继承者，我除了一时表现出恼怒之外，一直没有采取行动。你若认为一直对我苛刻能让你解脱的话，你又错了。你这样做不会幸福，甚至永远不能得到平静，就连一般人心中普通的程度也达不到。至于我，我对掌握自己的命运充满信心，这份自信让我能渡过难关。命运比我们更公平。我本该料到会发生这样的转折；若把你和你们那帮人仅仅看作是让我最近遭遇不幸的人，我很难怪你，不是每件事都表明你们有蓄意害人的意图。不过时间和复仇女神会谴责你的，我不会，即便现在或将来我有能力，我也不会如此。你会对此一笑置之，你尽管笑吧，但回头想想，人类所有经验都证明了这一点。一个人即使在无意中对他人造成了伤害，也会得到因果报应：我已经偿还并还在偿还中，你也会的。

1817年3月5日

一切都已无可挽回

拜伦致安娜

> 这是你留给我的唯一字迹。

我已收到"艾达的头发"。她的头发柔软而美丽，若和收藏在奥古斯塔我十二岁时的头发相比，已经像我那时一般黑了。不过艾达的头发不卷曲，可能是任其生长的原因。

我还要感谢你所标注的日期和姓名，因为这是你留给我的唯一字迹。你的书信我已归还，除了两个词，或者说是在旧账本上写了两遍的词"家庭"，再无其他。我烧了你上次的来信，原因有二。其一，信里的态度不够友善；其二，我希望和你有往来，但不要留下任何记录，以免为多疑之人提供饶舌的素材。

我想这封信应该在艾达生日（我肯定是12月10日）前后到达。那时候她就六岁了，这样再过十二年我就有机会见到她了；如果我不得不因工作或其他事情去英国的话，也许能更早见到她。但是，请记住这一点：不论我们俩相隔远近，我们分开的每一天，日复一日过了这么久，我们双方情绪应该有所缓和，只要我们的孩子在，我们必须在这一点上达成一致，我想我们都希望她比父母都活得久。

分别以来逝去的时间远远超过了我们和好之后的短暂时光，也不比我们婚前认识的那段日子长。我们都犯了一个严重的错误，不过现在都结束了，一切已无可挽回。我已经三十三岁了，你没比我小几岁，虽然算不上很长的生命阶段，但足以养成一个人的习惯和思维，很难有所改变。我们年轻时不能达成一致，现在也很难。

我之所以说这么多，是因为我想跟你说，尽管发生了这么多事，在我们分开一年多的时间里，我仍认为我们也不是不可能和好；但后来我完全放弃了这个想法。对我来说，不可能的原因至少是，我们在为数不多的交往、谈话时，可以保持谦谦有礼的态度，尽量保持善意。素不相识的人比有着亲密关系的人更容易做到这一点。就我自己而言，我脾气不好却并不恶毒；因为只有当下的挑衅才能激起我的怨恨。对于你——一个更冷酷和清醒的人，我只想提一下，你有时可能会把冷淡和愤怒误认为尊严，把糟糕的情绪当作是责任感。我向你保证，我

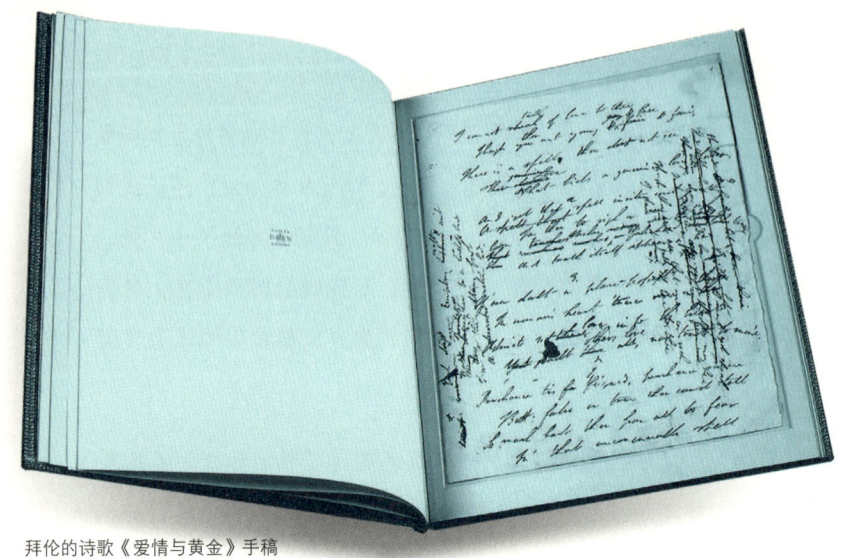

拜伦的诗歌《爱情与黄金》手稿
赠诗对象据传是安娜

现在对你（无论我已经做了什么）没有怨恨。如果道德家所说是真的：最刻薄的人最不可宽恕，那么请记住，如果你伤害过我，我的宽恕则显得很了不起；如果我伤害了你，你的宽恕更是如此。

这件事无论是我一个人的错，还是双方都有错，或主要是你的责任，我都不再考虑。重点有两个：你是我孩子的母亲；还有，我们不会再见。我想如果你也设身处地为我考虑这两点，会对我们三个都好。

你永远的
诺埃尔·拜伦
1821 年 11 月 17 日

我多么希望在你尚未为人妻
的时候与你相遇

拜伦致泰雷萨

> 在任何语言中,'爱'都是一个浪漫的词语,特别是你们的语言——amor mio。

我最亲爱的泰雷萨:

　　我在你的花园里将这本书仔细阅读了一遍。亲爱的,正因为你不在家,我才能好好读完这本书。这是你最喜欢的一本书,作者是我的朋友。其他人看不懂英语,因此我用英文写了这封信而不是意大利语。你也看不懂,但你一定能认出深爱着你的这个人的字迹。你一定能想到,你爱的这个人读着你的书,他心中能想到的只有爱。在任何语言中,"爱"都是一个浪漫的词语,特别是你们的语言——amor mio,这个词是我当下和未来存在的意义。我感受着现在的存在,也感受着未来的存在,至于是哪种,就要取决于你,你决定着我的命运。你才十七岁，离开修道院已经两年了，我多么希望你还在那里，或者在你尚未为人妻的时候与你相遇。

可惜，一切都太晚了。我爱你，你也爱我，你的一言一行说明了这一点，你的所作所为给我莫大的安慰。我对你用情至深，会永远爱你。

思念绵绵无绝期。纵使阿尔卑斯山不能将我们阻隔，海洋也不能使我们分离。但愿我们永远在一起。

拜伦
1819 年 8 月 25 日

济慈

约翰·济慈（John Keats）是与雪莱、拜伦齐名的英国浪漫主义诗人。二十三岁那年，他认识了芬妮。芬妮是个美丽、时髦的富家小姐，她活泼开朗，爱好广泛，身边追求者众。他们最初相识的时候，济慈正处于人生中最暗淡的时光。 他出版的个人诗集销量不好，几乎没有经济来源。父母早逝，留下他独自照顾患有肺结核的弟弟，这些令他原本就穷困的日子雪上加霜。尽管他在朋友面前谈笑风生，但仍旧掩饰不住从心底散发的忧伤气质。芬妮正是被他的这种气质打动，第一次见到他的时候便爱上了他，并偷偷去书店买来他的诗集仔细阅读。

同年，与济慈相依为命的弟弟不幸去世，他深受打击。朋友布朗见他精神恍惚，终日沉浸在悲伤中，便请他来自己家中暂住。无巧不成书，第二年，布朗又将家中多余的几间屋子租给了芬妮一家，如此一来，济慈便与芬妮成了邻居，渐渐熟络起来。那段时间，活泼的芬妮为济慈原本暗淡的生活带来一束光。有了芬妮的陪伴，他逐渐摆脱心底的阴霾，灵感不断迸发，接连创作出《夜莺颂》《无情的妖女》《希腊古瓮颂》等诗歌。也是从那时开始，他深深爱上芬妮，并为她创作了那首著名的《明亮的星》。

1. 济慈
2. 芬妮画像

由于济慈贫困的生活状态,芬妮的母亲极力反对他们的恋情。济慈深知自己的条件,他不愿使芬妮为难,更不愿她陪自己一同受苦。于是第二年,济慈离开芬妮去伦敦谋生。其间,他创作了大量诗歌,这其中包括著名的《拉弥亚》和《秋颂》。而芬妮却因为他的离开精神抑郁,卧床不起,只有他的信能带给她片刻的欢愉。他们的感情经历种种磨难之后,济慈终于决定回去向芬妮求婚。而此时,他已成为颇具影响力的诗人。芬妮的母亲因此改变了对他的态度,同意了他们的婚事。

然而,济慈在之前照顾弟弟时不幸染上了肺结核,当他从伦敦回到芬妮身边的时候,身体已非常虚弱。他不想把病传染给芬妮,于是每天他们只能隔着窗户看看彼此。

在一次咯血之后,他不得不前往意大利休养。但这一走,便再也没有回来。1821年,年仅二十六岁的济慈病逝。济慈去世后,芬妮非常想念他,她把济慈写给她的信全部珍藏了起来,济慈送给她的订婚戒指,她一生都没有摘下。

请用你的甜言蜜语浇灌我

济慈致芬妮

> 我甚至希望,我们是蝴蝶,只能在夏天活上三天。有你陪伴的三天,也好过庸庸碌碌五十年。

亲爱的女郎:

周二晚上,我本来写好了一封信,但没有寄出去。还好如此,因为它和卢梭笔下的《爱洛伊丝》太像了。今天早上神志清醒了一些。清晨时分,给我深爱的姑娘写信再适合不过。因为到了晚上,孤独的一天落幕,房间如坟墓一般等着我,孤寂而幽暗。情绪占据头脑,让我胡乱写下一些句子,我以前以为自己永远不会这样做,也经常嘲笑别人这样做。现在我怕你为此担心我是过于忧郁或者有点疯狂的人。

现在,我坐在窗前眺望,景色很美,丘陵起伏不定,远处是一片大海,晨光绚烂。住在这里,和鹿儿一样,在这片绮丽的海岸呼吸游荡，我不知道心情变化有多大，也不知道会经历什么欣喜。倘若没有想你，倘若对你的思念没有这般沉重，我永远都不会知道这般日子是多么快乐。对疾病与死亡的担忧一直缠绕着我，如今这种烦恼已然消散，但是你必须承认，新的痛苦又萦绕过来。

你扪心自问，我的爱人，你如此困住我，如此囚禁我，是不是十分残忍。你愿意在信中承认这一点吗？你必须马上写信，尽你所能在信中安慰我，要如罂粟一般浓烈，迷醉我，用甜言蜜语浇灌我，还要附上香吻，让我至少可以吻在你吻的位置。至于我自己，我不知道如何表达我的深情：有什么词比光明还要光明，有什么词比美丽还要美丽。我甚至希望，我们是蝴蝶，只能在夏天活上三天。有你陪伴的三天，也好过庸庸碌碌五十年。不管我的想法是多么自私，我的行动永远不会自私。正如我离开汉普斯特德一两天前告诉你的那样，如果我没有抓到帕姆或至少一张花牌，我绝对不回伦敦。虽然我把幸福寄托于你，但我并不想完全占据你的内心。如果此时此刻，你想我如同我想你这般强烈，我便无法按捺不住自己，明天就动身来找你，与你享受片刻相拥的欣喜。

但不，我必须依靠希望和机会活着。即便发生最坏的事情，我也依然爱你，但我对别人又有什么仇恨呢！

前几天，我读到一首诗，它不断在我耳边回响：

> 看着比自己还珍视的眼眸
> 与别人传情
> 甜蜜的嘴唇
> 与别人亲吻
> 想想吧，弗朗西斯，想想
> 这件事可恶得难以言喻

一定要立即写信。这个地方没有邮局，你要寄到怀特岛的纽波特邮局。我知道晚上前，我会因为给你寄了这么冷冰冰的一封信而痛骂自己，但还是要把心里的话说出来。

如果你愿意，请代我向你的母亲致意，向玛格丽特致意，向你的哥哥问好。

你深情的 J.K.
1819 年 7 月 1 日
于怀特岛尚克林

没有你的世界里，
我该如何生活

济慈致芬妮

> 你不怕等待，你有乐子可寻，你的心飞走了，你不像我想你这般想我，而我却强烈渴望着你。

亲爱的姑娘：

清晨，我拿着一本书，在外面散步。但像往常一样，我的脑海里只有你。真希望我能用一种愉快的方式说出来。日日夜夜，我饱受相思的折磨。他们说我要去意大利。如果我和你分开这么久，我肯定永远也恢复不好。我对你如此真诚，却不放心你。过去与你长期分离，让我苦不堪言。你母亲来的时候，我觉得突然，问她你是否去过迪尔克夫人家，听到她的否定，我才会松一口气。我要死了，这似乎是我唯一的出路。

我不能忘记过去的一切。世故的人很容易忘记这些，但对我来说是致命的。我会尽力遗忘。你以前经常和布朗调情，想到我的话，你的心会不会有我的一半痛呢。布朗是个好人，只是他的所作所为要把我逼死了。我现在感觉到了身边每一个人的影响。虽然他为我做了许多事，我也知道他对我的情谊，他还在金钱上向我伸出援手，但我不想见他，也不想和他说话，除非我们已至垂暮，如果我们有幸可以活到那天。我讨厌我的真心被人当成足球踢来踢去。按照你的说法，这是"疯狂"。我听你说过，你不怕等待，你有乐子可寻，你的心飞走了，你不像我想你这般想我，而我却强烈渴望着你。如果房间里没有你，周边的空气都无法呼吸。我和你不一样，你可以等待，你有一个又一个的聚会，没有我你也很开心。任何聚会，任何活动都足以充实你的一天。

你这个月过得怎么样？和谁一起欢歌笑语？这一切在我看来可能很野蛮。你我的感觉并不相通，你不知道什么是爱情，也许有一天你终将明白，只是时候未到。问问自己，独处的时候，济慈让你度过了多少不快乐的时光。我一直都饱经相思的折磨，一次次的折磨让我向你吐露心声。

以耶稣的名义恳求你：如果这几个月你做了让我痛苦的事情，求你不要写信给我，你可能已经变心了。如果你没有变心，却依然去舞厅和其他场所玩乐，我就真的不想活了。如果你这样做了，我希望今晚就是我的最后一个夜晚。没有你，我就活不下去了，不仅是你，而且是纯洁的你，贞洁的你。日出，日落，一天就这样过去，你在某种程度上顺应了你的内心，你不知道这一天我有多么痛苦。认真点！爱情不是玩物，除非你的内心如水晶般晶莹剔透，否则不要再给我写信了。我宁愿为你而死。

你永远的 J.K.

1820 年 7 月 5 日星期三上午

于肯特镇

只希望能够依偎在你的怀中

济慈致芬妮

> ❝ 求求你找一种方法，让我在没有你的时候依然能够快乐。❞

亲爱的姑娘：

我迟迟没有下笔，直至夜幕降临，因为此时没人能发现。

求求你找一种方法，让我在没有你的时候依然能够快乐。每时每刻，我的心被你逐渐占据，其他任何事物都味同嚼蜡。我知道意大利几近不能成行，因为我离不开你，除非可以与你长相厮守，否则我决不会满足于一分钟的片刻欢愉。但我不会再这样下去了。像你这样身心健康的人，不会想到像我这样的神经质和奇怪脾气会带来什么样的恐惧。

济慈致芬妮书信手迹

　　你的朋友建议你去往哪个岛呢？如果只有我们两个人，我十分乐意，但如果有别人，我就不去了。我无法忍受那些只知道诽谤和嫉妒，全无其他消遣的新殖民者居民。如果我不能和你厮守，那我情愿独自过活。

　　和你分开后，我的身体也不会有多大改善。尽管如此，我还是不愿意见到你，我不能忍受璀璨刹那间又堕入黑暗。和你快乐地待在一起，几乎是不可能的！你需要一颗比我幸运的星星！我不会永远和你待在一起。随函附上你的一封信中的一段，我想请你稍加修改，我希望（如果你愿意的话）不要对我这般冷淡。

如果我的身体可以承受，我可以把脑海中的思绪汇成一首诗，与我境况相似的人，将从中得到慰藉。我要把这首诗，送给像我这样爱着的人，送给像你这样自由的被爱着的人。莎士比亚总是以最凝练的方式总结经验。所以当哈姆雷特对奥菲利娅说"去修道院吧，去吧，去吧"时，他的心里充满了和我一样的痛苦！我真想马上放弃，我真想去死。我对你向之微笑的残酷世界感到恶心。我讨厌男人，更讨厌女人。

　　我看到的只有未来的荆棘——不管我明年冬天在哪里，在意大利或是别的什么地方，布朗都会留在你身边。我看不到任何安息的希望……我希望你能给我的内心注入一些对人性的信任。我想不出任何信任的理由，因为这个世界对我来说太残酷了。我很高兴有坟墓这样的东西，我确信只有躺在坟墓里后，我才能得到安息。无论如何，我不愿再见到迪尔克、布朗或他们的任何朋友。要么让我安心躺在你怀中，要么让雷劈死我吧。

　　上帝保佑你。

你亲爱的 J.K.
1820 年 8 月
于肯特镇

你吸引着我的全部意识

济慈致芬妮

> 66 每次见你,都像从未见过你一样,最后的亲吻总是最为甜蜜,最后的微笑总是最为明艳,最后的姿态总是最为优雅。99

亲爱的芬妮:

你有时候害怕我不像你希望的那样爱你,是吗?我亲爱的姑娘,我爱你,永远爱你,毫无保留。我越了解你,我就越爱你。我的爱表现在各个方面,甚至连我的嫉妒都是出于爱的痛苦。爱意最强烈的时候,我甘愿为你而死。我给你带来太多的烦恼。但都是因为我爱你!每次见你,都像从未见过你一样,最后的亲吻总是最为甜蜜,最后的微笑总是最为明艳,最后的姿态总是最为优雅。昨天,你回家时经过我的窗前,我的心便充满了爱慕,宛如初见。你曾经抱怨道我只爱你的美貌。难道除了外表之外,我就不爱你的其他方面了吗?难道我看不到一颗天性自由的心灵情愿从此和我羁绊吗？没有什么难过的未来，可以让我不去想你，片刻也不行。这个话题也许悲喜交加，但我不想去谈论。即使你不爱我，我也情不自禁全心爱你；知道你爱我后，我对你的爱就更为深切。置于渺小如此的躯体内，我的心灵难以满足，只能躁动。我从未感到我的心灵得到过寄托，从未有过全然的忘我享受——除了你，没有人给过我这种体验。你和我待在屋里时，我的思绪从未飘出窗外，你让我时刻全神贯注。上次你写了一封短信，信中对我们的爱情表达了担忧，对此我感到一种莫大的欢喜。但是你可不要再有这样的揣测，给你徒增烦恼，我也不再会觉得你对我有丝毫的抱怨了。布朗出去了，但威利夫人来了，等她走了，我会醒来等你。——向你母亲问好。

你深情的
约翰·济慈

我吻遍了你的来信

济慈致芬妮

> 我以前从来不知道,你给我的爱是什么感觉,我不敢去想,我害怕这种感觉,害怕它把我烧成灰烬。

亲爱的姑娘:

你的来信给我带来莫大的欢喜,除了你之外,世界上没有任何东西能让我这样快乐。说实话,我吃惊得很,一个不在我身边的人居然能对我的情绪产生如此之大的力量。即使我不想你的时候,我也会受到你的影响,温柔一步步浸入我的身体。我发现,每一寸入骨的相思,每一个难挨的日夜,都没有让我对美人的爱有丝毫减退,反而变得更加强烈,以至于你不在我身边时,我就十分痛苦。或者说,让我生活在这种不能称作生活的沉闷等待中。

我以前从来不知道,你给我的爱是什么感觉,我不敢去想，我害怕这种感觉，害怕它把我烧成灰烬。但是，如果你愿意全心全意爱我，尽管依然会有火苗在燃烧，但在欢乐的浸润和渗透下，火苗的燃烧不会超过我们可以忍受的程度。

你提到"可怕的人"，问我下次再见到你是否取决于他们。亲爱的，请理解我，你在我心中的分量是那么重，当我看到你可能受到伤害时，我也必须成为你的良师益友。我只想看到你的双眼中流露出欢乐，嘴唇上洋溢着爱意，步伐里跳踏出幸福。除此之外，我什么都不想看见。我愿意看到你沉迷于适合你的爱好和灵魂的娱乐中，这样我们的爱情就可以成为欢乐气氛里的愉快事物，而不是摆脱烦恼和忧虑的方法。但最坏的情况下，我很怀疑自己是否可以足够镇静，按照自己的经验办事。如果我看到我的决定给你带来痛苦，我就不能做到这一点。如果不是因为你的美貌，我决不可能爱上你。既然如此，为什么我不能谈论你的美貌呢？如果不是因为你的美貌，我无法想象我要怎么爱上你。也许有这样一种爱，我对它怀有最高的敬意，绝无嘲笑之心，也会欣赏别人这样的爱情。但它不像我追求的爱情那般，不丰富、不绚烂、不成熟、没有魅力。所以，让我谈论你的美貌吧，尽管这会给我带来危险，因为你也许会残忍对我，想到别处去试试它的力量。你说你害怕我会认为你不爱我——你这么说让我更渴望待在你身边。

　　我在这里勤勉发挥自己的才能,每一天我都要写几行无韵诗或者添几笔韵文。说在这里我必须承认（既然谈到了这个话题）,因为我相信你喜欢我是喜欢我这个人,而不是喜欢别的,所以我才更加爱你。我见过这样的女人,我真的认为她们会嫁给一首诗,一部小说就可以让她们以身相许。我看了你的星象,希望这预示着可怜的莱斯可以康复,因为他的病让他变得十分忧郁。为了克制自己的情绪,他强用双关语,掩盖他的感情,这让他更加忧郁。我吻遍了你的来信,希望你给我留下了一丝甜吻,让我心满意足——你梦见了什么？告诉我,我来给你解梦。

永远属于你——我的爱人——的

约翰·济慈

　　别责备我回信耽搁了——我们这里不能每天寄信。速速回信。

附：济慈为芬妮所作情诗《明亮的星》

济慈致芬妮《Bright Star》
（明亮的星）手稿

明亮的星

明亮的星，我愿坚定如你

但不愿璀璨孤悬在夜空

如同天地间无眠的隐士

眼睑永不闭合地凝视

凝视流水履行牧师的圣职

洗礼尘世的堤岸

凝视新的面纱缓缓落成白雪

盖住山峦还有荒原

不——只愿坚定如你，只愿不移如你

枕在美丽爱人的酥胸

不休感受轻缓的起伏

不眠浸在甜蜜的躁动

静静地，静静地细听她温柔的呼吸

相伴白头——或痴迷而终

济慈

人的一生有两次生命:
第一次是在出生的那一天,
第二次则是在萌发爱情的那一天。

雨果

1. 维克多·雨果
2. 阿黛尔
3. 朱丽叶

　　法国大文豪维克多·雨果（Victor Hugo）少年时期跟随父亲在巴黎生活，认识了邻居家美丽的女儿阿黛尔。阿黛尔热爱艺术，而雨果在十五岁时就表现出了超高的文学天赋，在法兰西学院的征诗比赛中获得了第一名。两个少年在一起总有说不完的话，他们慢慢相爱，并于三年后结婚。

　　他们的婚姻生活非常甜蜜，育有五个儿女。但阿黛尔也是寂寞的，年轻的她为了照顾孩子，不得不牺牲了自己的爱好和理想。当时，雨果在家中常被一群人簇拥着谈论政治与文学，阿黛尔只得落寞地守在一旁。

　　雨果的这些追随者中有一位名叫圣伯夫的评论家。他其貌不扬，但才华横溢，是雨果非常信赖的朋友。在雨果家中第一次见到阿黛尔的时候，他便看穿了她的寂寞。在日后雨果创作《巴黎圣母院》无暇顾及其他的期间，圣伯夫与阿黛尔独处的机会越来越多，他爱上了阿黛尔，并向她表明了心意。雨果知道后深受打击，他深爱阿黛尔，祈求她回心转意，但她还是选择了圣伯夫。然而，离开雨果后，阿黛尔并没有如愿获得想要的幸福，她的生活一度陷入艰难的境地。雨果为了顾全她的名声，一直没有与她离婚，并且一直默默地照顾着她的生活。

　　三十岁那年，雨果认识了比他小四岁的女演员朱丽叶·德

鲁埃。朱丽叶此前的情路也很坎坷，独自带着女儿在巴黎生活。因为出演雨果的《吕克莱斯·波吉亚》，她与雨果相识，并迅速坠入爱河。从那以后，她成了雨果的情人、知心朋友、秘书和崇拜者。她让雨果因阿黛尔而受伤飘零的心终于安定了下来，他曾为她写下这样的句子："人的一生有两次生命，第一次是在出生的那一天，第二次则是在萌发爱情的那一天。"

尽管后来，雨果与朱丽叶的感情中也掀起过波澜，但雨果最终还是选择与朱丽叶白头偕老。这段没有婚书的爱情维持了五十年之久。他们相恋之后，雨果每年都会写一段文字来纪念他们的爱情，而朱丽叶则几乎每天都会给雨果写一封信，五十年内一共写了一万八千多封。

你永远不知道我爱你的程度

雨果致阿黛尔

> **"** 我对你的爱会令我做尽荒唐事。**"**

亲爱的朋友啊,我想说的还是这次的舞会,因为这三天以来我没有其他的心思。这是我生平情绪最激动的一次。这次的舞会与我记忆中的其他舞会截然不同……阿黛尔,我从来没跟你提到过其他舞会,但现在我觉得有必要跟你谈谈上周四回忆起的那些记忆。

那天是六月二十九日星期五,我的母亲刚刚去世了两天,晚上十点钟,我从伏吉拉尔公墓回往回走。我走得昏昏沉沉,恰好途经你家门前。门是开着的,灯光照亮了窗子和庭院。我不由自主地停住了脚步,我已经很久没有登过门了。这时突然有两三个人推了我一下,然后大笑着进去了。我浑身颤了一下,因为我想起今晚你家有个舞会,我想继续赶路,因为在那欢乐气氛的映衬下,我越发感到孤独。但是我却迈不动步子,我站在那里一动不动,脑子里空无一物。过了一会儿,我慢慢恢复了神智,我决心孤注一掷决定自己的命运。我想知道,我的爱人是不是像我母亲一样,也抛弃了我,如果是的话,我只能死去。阿黛尔,我要和你说什么呢?绝望令我疯狂。我家里备着一把手枪,在失眠与忧虑的双重夹击下,我的身体变得十分虚弱,我想知道,你是否已经把我忘了。当人处于不幸的深渊时,有一种犯罪(在这种情况下自杀真的是犯罪吗?)是解脱。总之,我不知道我的灵魂已经疯狂到什么地步了,现在回想起来,我不禁感到羞愧,但这一切会让你明白我有多么爱你。

我跳进了院子里,大步登上楼梯,进入了无人的前厅,在那节日的灯光中,我仿佛看见了我帽子上的黑纱。这个想法让我恢复了理智,于是我落荒而逃,跑进了我们以前常去玩耍的走廊。在走廊的尽头,我听见了从头顶传来的跳舞的声音和渐渐远去的乐器声。我不知道是何等疯狂的念头诱使我爬上了连通着大厅各室的楼梯。那里舞会的声音变得越发清晰,我继续往上走,第二层是正对着舞会的玻璃窗。现在看来,我当时已经失去了理智,我把滚烫的头贴在冰冷的玻璃上,用眼睛寻找着你。我看见你了。

怎样才能描绘出我当时的感受呢?我仅仅是如实讲

述，因为当时我有一些无法形容的、奇怪的想法：你穿着哀悼服的维克多默然不动，凝视着他身着礼服的阿黛尔。我听不见你的声音，但是我看见你的嘴巴在微笑，正是这笑容令我心碎。亲爱的阿黛尔，我和你近在咫尺，心灵却相隔万里。我等待着，在我绝望的灵魂中尚存爱与嫉妒的力量。如果你跳了华尔兹，那我便没有希望了，因为这是你完全遗忘我的证据，我无法不受到伤害。幸而你没有跳舞，似乎有一种声音在告诉我，希望还在。我待了很久，舞会上的我就像梦中的暗影。对我来说，不会再有舞会了，也不会再有快乐了，我的阿黛尔却依然沉浸在舞会与欢乐之中。

我一时之间无法承受，骤然间我的心中充满了压抑的情绪，如果再多待一会儿，我会死的。在那个时候，我又清醒过来，于是我慢慢地沿着之前的楼梯下去。随后我回到了家里，在你跳舞的时候，我在我那可怜的亡母床边开始为你祈福。——后来我知道有人看见了我，但是我不能承认，因为我的出现十分奇怪，而且不会有人能够理解我刚才在信中所描述的行为。

阿黛尔，你永远不会知道我是多么爱你。我对你的爱会令我做尽荒唐事。我是个疯子，但是我是如此爱你，以至于忽略了上帝可以降罪于我。

再见了，亲爱的，我今天一整天都在为我们奔波。我爱你，好似人们爱上帝和安琪儿一般。

1月20日星期日

我的灵魂为你所有

雨果致阿黛尔

> 你是一个令人钦佩的姑娘,即便是天使,也比不上你分毫。

　　昨天和前天的夜晚都令人无比愉悦,今晚我哪儿也不去,安心坐在家中给你写信。我深爱着的、挚爱着的阿黛尔,我有千言万语要同你倾诉!哦,上帝啊!这两天来,我无时无刻不在问自己:我所感受到的幸福是真实存在的吗?我想,我所得到的快乐似乎人间难寻,现在我连最美的蓝天也不会欣赏了。

　　阿黛尔,你一定不清楚我忍受了什么。唉!我自己却清楚得很!我性格软弱,却自以为淡定自如;我预想好了绝望时所要采取的种种荒唐行为,却自以为训练有素、风雨任来。啊!请允许我臣服在你的石榴裙下吧,你的美丽、温柔和坚强,让我心甘情愿忠诚于你,甚至是为你献出我的生命!我慷慨的爱人,令我惊喜的是,你竟也愿意为我牺牲你的平静生活。

阿黛尔，在这令人难忘的一周里，你的维克多沉浸在狂热与兴奋中。我决定接受你的爱情。要是我父亲来信逼迫我的话，我就筹些钱带你远走高飞，远离所有阻碍我们在一起的人。你是我的伴侣、爱人、妻子，我是你的丈夫，我们可以一起离开法国，去往一个自由的陌生国度。白天我们同乘马车游历四方，夜里我们共处一室，同枕而眠。

但是，我高贵的阿黛尔，请你相信，我绝不会肆意妄为来践踏这份幸福。你不会把我想得这么坏，对吗？相反，你的维克多会比以往任何时候更加敬重你。你们共处一室时，不必担心他会碰你，甚至不必担心他会偷看你。一把椅子、床边的一片空地都是他守夜的好去处。他是你忠心的仆人，在正式成为你的丈夫之前，他唯一奢求的便是能够拥有守卫你的权利。

阿黛尔，请不要因你的高贵而蔑视、憎恨我的怯懦。想想我的真诚，我的孤独，以及我父亲对我的逼迫，想想这一周以来，我都沉浸在即将失去你的恐惧中，请不要对我的绝望感到惊讶。你是一个令人钦佩的姑娘，即便是天使，也比不上你分毫。你天生丽质，充满活力，心地善良。啊，阿黛尔，请不要把这些话当作盲目的痴情，我对你的爱会与日俱增，直至我的生命走向尽头。我的整个灵魂为你所有。如果我的一生不属于你，那么我的生命就没有意义,我就一定会死去——这是必然的。

阿黛尔,当我收到你那封决定着我的命运的书信时,我心中所想的就是这些。如果你爱我,那么你就能够理解我心中的喜悦。我也能理解你当时的心情,但我不打算在这里描绘它。

逆来顺受的痛苦突然转化为巨大的幸福,我心中为此忐忑不安。甚至现在,我还有种恍然如梦的感觉,害怕会从这场美梦中醒来。万幸!你是属于我的,你真真切切是属于我的!不久——可能再过几个月后,我的宝贝就可以枕着我的胳膊入睡,从我的怀中醒来。她所思所想的是我,她的眼里只有我,她的每一刻都属于我。同样,我所思所想的也全都是你,眼里只有你,我的每一刻都属于你,我的阿黛尔!

终于等到了这一天,你是属于我的了。上帝眷顾,你将成为我的妻子,随后是我们孩子的母亲,你是我的阿黛尔,永远是我的。你将一如我们恋爱时那般温柔,亲爱的,你是否也正在想象这样的生活?总有一日,我们会拥有这样的幸福的。

啊!所以我终于可以为我的未来做些事情。我的内心充满希望,因此勇不可当!因此稳操胜券!我心中的重担终于卸下了!虽然只是前天的事!但是在我看来,幸福的日子仿佛过了很久。在这两天里，我感到无比幸福！

阿黛尔，关于你周三晚上的来信，我要如何感谢你才好？我相信在这一刻，任何事情都能增加我的幸福，正是你的来信让我明白，爱意与喜悦在人的心中没有上限。你是多么高贵、温柔、虔诚，你是我命中注定的妻子！阿黛尔，我怎能与你相配！在你身边我是那样卑微。我那在他人面前高昂着的头颅，却会在你面前虔诚地低伏。终于，你是属于我的了！身处人间的我享受到了天堂的祝福！在我心中，你先是我年轻的妻子，然后是年轻的母亲，但你永远是我的阿黛尔。在贞洁的婚姻中，你会如同初恋时那样温柔，那样惹人爱慕。亲爱的阿黛尔，请你回答我，你是否期待着永恒婚姻中的不朽之爱！有朝一日，这种幸福就将为我们所有……

今天早上，我给父亲回了信。信中只有只言片语，我把我们的事告诉了他。我母亲大概也能收到我写给她的信吧，虽然我沉醉于爱情，却始终不能忘记对母亲的哀悼。我高贵的阿黛尔啊，请你不要责怪我。一切不愉快都已经过去了。我是她的儿子，也是你的丈夫。这些就是我所有的职责。

我记得你说我这周安排的工作很有趣。其实，直到星期三，我的工作都没什么进展。时间都在烦躁不安中流逝了。我的心被失去你的恐慌所占据，无法再思考其他的事情。直到昨天，我终于可以开始工作了。今天，我整个上午都在工作。今夜，我的内心将充满幸福。

我的阿黛尔，无论是写作还是争取国家津贴，现在我都不会因为任何困难而灰心。因为，我在这两条道路上迈出的每一步都会使我离你更近一步。所以我怎么会感到痛苦呢？请你不要小看我。如果吃点苦能赢得这么大的幸福，那又算得了什么呢？难道我不曾成千上万次祈求上帝，请求他允许我以鲜血换取幸福吗？哦！我多么幸福啊，将来我还会更加幸福！

晚安，我的宝贝，我最爱的阿黛尔。我想亲吻你的头发，但是我们相隔太远，我只能去梦中与你相会。也许不久之后，我便会出现在你的身边。晚安，原谅永远深爱着你的丈夫这样胡言乱语吧。

亲你、爱你。

你的画像呢？

雨果

1822 年 3 月 15 日星期五夜晚

我把一切希望和祝愿都寄托在你身上

雨果致阿黛尔

> 我和世人一样尊敬荣誉,但我却视荣誉为身外之物。

亲爱的阿黛尔,请不要问我为什么如此自信我们能独立生活,因为那样一来我就不得不提到"维克多·雨果"——一个你素不相识的男人,"你的维克多"也丝毫不担心你和他认识。这个"维克多·雨果"有朋友也有仇敌,父亲的军人头衔给了他四处活动,并与人平起平坐的权利。他把自己的优点和早熟的缺陷都归结于几次不太成功的尝试,他很少去沙龙,他那忧郁、冷漠的神情,让沙龙里的人一直以为他在思索多么重要的事情,其实,他只是在思念一个温柔、迷人、善良的姑娘,幸而沙龙里的人都不认识她。

人们常常对我说,甚至现在还在说(当然这有些过于冒昧),我是为获得某项光辉的荣誉而来到这世间的

（我贴切地复述了这句夸大其词的话）；可我自己却认为我是为家庭幸福而存在的。假如为了得到这一幸福，需要荣誉加身，我也只把荣誉当作获得幸福的手段，而非目的。我和世人一样尊敬荣誉，但我却视荣誉为身外之物。如果它像人们所预言的那样降临我身，我依然要说，我不期待它，也不渴望它，因为我把一切殷切的期待和渴望都寄托在了你一个人身上……

雨果致阿黛尔书信手迹

爱情的性质

雨果致阿黛尔

> ❝ 所有的热情和情感都出自灵魂，是灵魂孕育了上帝和天堂。❞

阿黛尔，这封信极为重要，因为它决定着你对我的印象，也决定着我们的将来。我会尽力将我的想法表达清楚。当然，今晚我要努力对抗的肯定不是睡眠——我想严肃又亲密地和你谈谈。我希望我们可以当面谈，因为这样的话，我可以立即得到你的答复（而我现在不得不急切地等待着），也可以通过你的表情观察出你对我的话有什么反应，你的回应对于我们两个的将来起着决定性作用。阿黛尔，有一个词，我们似乎至今都不敢使用，那就是"爱"这个词。然而，我对你的感情确实是真正的爱。那么，你对我的感情是否也是爱呢？我的一生都将取决于你信中的答案。

听我说，我们的体内栖息着一个非物质的存在，它就像生活在我们体内的流亡者，只不过它不会消亡，会永远存活。这个存在就是我们的灵魂，它拥有比我们的躯体更加纯粹、美好的本质。所有的热情和情感都出自灵魂，是灵魂孕育了上帝和天堂。为了更清楚地表述我的观点，我不得不做一些宏大的比喻。希望这种表述方式不会令你感觉不适，我们谈论的事情，需要使用简洁但崇高的语言。

灵魂，如果被束缚在躯体之上，如果它不能以某种方式在众多灵魂之中选择一个与之同甘共苦的伴侣，那么，它会孤独地活在世间，那种孤独是难以忍受的。当两个寻觅多时的灵魂，终于在茫茫人海中找到彼此，当它们看到彼此之间是相知相配、和谐融洽的——总之它们看到彼此是相似的，这时，在它们之间就会建立起一个和它们一样纯洁炽热的联结，这种联结始于人间，会在天堂得以永恒。这种联结是爱，是真正的爱，是一种几乎没有人能够想象到的爱情。这种爱就像是一种宗教信仰，它使被爱的灵魂神化。这种爱的生命力来自于奉献与激情，牺牲便是最甜蜜的享受。你在我心中所激发的就是这样的爱，终有一日，你肯定也会因为别人产生这样的爱。如果，你没有因为我感受到这种爱，那么，这便是我最大的不幸。你的灵魂生来就是为了以天使般的纯洁与激情去爱恋。但是也许它只能去爱一位天使，想到这里,我便害怕得发抖。

阿黛尔,人们不理解这种爱,因为这种爱,是你这样的幸运儿或者我这样的可怜人所特有的。对于世人来说,爱不过是肉体的欲望,或是一种模糊的爱慕,欢愉至极便会幻灭,爱而不得便会溃散。所以你会听到他们滥用辞藻,说激情是短暂的。天哪!阿黛尔,你知道吗,激情便意味着痛苦。你难道真的相信,普通人的爱情中会存在痛苦吗?他们那看似剧烈的痛苦,实际上却微不足道。不,只有灵魂之爱才是永恒的,因为灵魂永不消亡。相爱的是我们的灵魂,而非躯壳。

但是,请注意,千万不要陷入极端的思维。我并不是说躯体在伟大的结合中无关紧要,不然上帝为何要创造出男人和女人呢?上帝知道,没有肉体的亲密,就不会有灵魂的结合,因为相爱的两个人应该在某种程度上保持思想和行动的一致。为此,上帝创造了两性之间的相互吸引,仅此一项就足以表明婚姻是神圣的。所以,在青年时期,肉体的结合有助于加强灵魂的结合,而到了老年时期,永不衰败且坚不可摧的灵魂就会反过来促进老年人肉体的结合。这种灵魂结合则会在躯体凋亡后延续下去。

因此,阿黛尔,不要害怕保持这样的爱情,因为就连上帝都没有力量去终止这样的爱。我就是以这样的爱情来爱你的,我对你的爱并非出于肉欲,而是基于你身上所拥有的美好品质。这种爱可以通向天堂,也可以去往地狱,既可以使人欢乐,也可以令人感到痛苦。我把我赤裸的灵魂展露给你,这些话我只说给懂得的人听。你好好问问自己,想想爱对于你的意义是否和对我的意义相同,看看你的灵魂与我的灵魂是否真正契合。不要相信那些愚蠢的人们会说些什么,不要去理会周围那些心胸狭隘的人们会怎么想,请你听从自己的内心吧。如果你理解了这封信中所表达的思想,如果你也像我爱你那样爱我,那么,阿黛尔,我的余生将全部属于你,我永生永世都将属于你。如果你不能领会到我对你的爱,觉得我言过其实,那就永别了。当我在人世间再也没有希望时,死亡也没有什么可怕的了。但是,不要以为我不为他人做任何贡献就会自我了断,若是在瘟疫或者战争时期,我的这种行为是自私的、懦弱的。我会设法确保我的死亡既令自己感到幸福,也会使他人受益。或许我的这些想法在你看来有些可怕,因为你平日里看到的我总是面带笑容,你也不知道我惯有的思想脉络。

阿黛尔,我战栗着说出下面这个想法:我认为你并非是以我对你的那种爱来爱我,然而只有那种爱才会让我心满意足。如果你爱我的话,你会希望从我这里得到你所赋予我的那种信任吗?——那是一种你慷慨赐予我的信任,但在我看来,它却意味着冷漠。我所提出的最合乎情理的问题使你很不高兴,你问我,我是否害怕你的行为会受到指责。阿黛尔,如果你像我爱你那般爱我,你就会知道,有很多事情既不涉及犯罪,也没有实质性错误,但你随便做一两件,都有可能令我嫉妒不安。我所描绘的爱情是一种拥有独自占有的权利的情感。你的一个吻,一个微笑,甚至是一个眼神,对我来说都是极大的幸福。难道你觉得我会任由其他人分享吗?我的过分敏感可能会令你感到恐惧,但是如果你爱我,你一定会喜欢的。希望你对我也是这样的爱!

一个人的爱情越是纯真、炽热,他的占有欲就越强烈,他也就越容易为此感到痛苦。我总是如此。我记得在几年前,你那还是孩子的弟弟偶然间和你睡在同一张床上,我当时本能地战栗,简直要发狂。随着年龄、阅历不断增长,我的思想越发成熟,这种占有欲却有增无减。阿黛尔,它会给我带来不幸,因为,它本应该令你感到幸福,然而,现在它却成了你的负担。

不要害怕,大胆地说出你的想法吧,你是否想要像我这样的一个人?这关乎我们的未来前途,虽然我的前途算不了什么,但是你的未来却光明灿烂。如果你爱我,那么没有任何力量能够阻止我爱你,如果你不爱我,请告诉我,你从此便可以摆脱我,我不会对你有任何怨恨。我知道有一种离去,会令我被冷漠的人们迅速遗忘,这是永远的消失，去了就再也回不来了。

最后几句话：如果你觉得这封长信充满了悲伤、沮丧的情绪，请你不要惊讶，因为你的来信是如此的冷漠！你竟认为我们的激情过分了！阿黛尔！我重读了你之前的来信，想从中得到慰藉，但是旧日的信和今日的信，它们二者之间的差别如此明显，我并没有得到安慰……再见了。

你的思念让我的生命丰沛

雨果致朱丽叶

> 我们的爱如同成长后那样茁壮，又如同刚刚萌芽时那样新鲜。

我可怜的小天使，你刚才美丽又迷人。我心里有许多话要讲。你一时的黯淡只是为了以后能更加璀璨。

尽管这一天不完整，但即便拿我们最美好的日子与之交换，我也不乐意。我从未如此深切地感受到你我之间的爱。待我回到家中，你的吻已经穿透了我的灵魂。亲爱的，从未变过的两颗心始终充满了温柔与沉醉，我们已经相爱整整五年了！我们的爱如同成长后那样茁壮，又如同刚刚萌芽时那样新鲜。亲爱的朱丽叶，我觉得我们美好的过去是对未来的保证。"我觉得"这个词不好，应该是"我确信"，不是吗，我可爱的朱丽叶？每次给你写信时，我都会怨我自己，也怨这信纸如此冷漠，怨这支羽毛笔如此死气沉沉。为什么？我心中情丝万千，但落到纸上的却是如此匮乏！一封信怎么能够表达出如此深沉的爱呢？我爱你，就像你需要被爱那样。我用真心换你的好意，用灵魂换你的灵魂。

新的一年来了，除了祝福我们的爱情天长地久，我别无他愿。长久的爱情就是幸福。不过，我们的爱情无须祈愿，对吗？你是我的天使，我的生命，我的欢乐！我爱你，我亲吻你美丽的双眼。我心中充满了对你的思念。今天，你是我的朱丽叶，五年后还会是，会永远是。我的生命，回头见。

你的雨果
1837 年 12 月 31 日

嘉年华之日

雨果致朱丽叶

> 巴黎在装醉，而我们真的醉了。

亲爱的，你记得吗？1833 年的忏悔节——嘉年华之日是我们的第一夜。那天，我原本要去看戏，你要去参加舞会，我们却都改变了主意（搁笔，亲吻你美丽的唇瓣，我才能继续倾诉衷肠）。我保证，无论什么事情，哪怕是死亡，都不能让我忘记这个美好的夜晚。那晚的每一分、每一秒，都深深地刻在我的脑海中。此时，一幕幕回忆如同流星般划过，坠往我的灵魂深处。那晚你本来是要去参加舞会的，但你没有去，而是在家等候着我，宛如一位甜蜜美好的爱情女神。你那精致小巧的闺房安宁静谧。窗外传来巴黎的笑声与歌声，人们戴着面具在街头欢呼。外面节日气氛是如此浓烈，而屋中的我们却在共度专属于我们的甜蜜时刻。巴黎在装醉，而我们真的醉了。

我可爱的天使,请你永远不要忘记1833年2月17日的这一夜——这个改变了你人生的奇妙夜晚。彼时,伟大而神圣的事物在你身上孕育。喧闹、嘈杂、梦幻的假象以及熙攘的人群被你远远地丢弃,我们一起分享秘密、孤独、爱情……

你的雨果
1841年2月17日夜晚

你是我的快乐

雨果致朱丽叶

> 我的生活是由你的眼睛投向我的目光、你的嘴巴露给我的微笑、你的白昼赋予我的思念、你的黑夜送给我的甜梦构成的。

朱丽叶,世间有谁能经得起你那些可爱的信的诱惑!我刚才把它们读了一遍又一遍。我亲吻着信纸,就像我把你搂在怀里,亲吻着你那可爱的唇。你很清楚,我爱你。难道这还不够吗?哦,是的,我跪倒在地,从心灵深处祈求你原谅我所有不公平的行为。我希望像刚才那样,亲吻你的脚,你迷人的赤足,你的手,你的眼睛和嘴唇。我要笑着吻你,跟你说尽那些甜蜜的话。啊!我时常感到痛苦,请你怜悯我吧。我爱你,请你也爱我吧!

你的信叫我心花怒放。我的生活是由你的眼睛投向我的目光、你的嘴巴露给我的微笑、你的白昼赋予我的思念、你的黑夜送给我的甜梦构成的。今夜安睡吧。安睡吧。我想此时你一定已经进入梦乡了。我希望你在梦中看到这封信，注视着我读你来信时的目光，体会着我给你写此信的心情。亲爱的朱丽叶，我要吻你，要吻遍你全身，因为我觉得你身上处处都是你对我的心意，正如我在我的生活中处处感到我对你的爱意。

我爱你。你是我的快乐。

我生命的阳光

朱丽叶致雨果

> 66 如果你知道，你在我的生命中是多么重要，你就会不忍心离开我一时半刻，你就会永远留在我身边。99

　　亲爱的维克多，我走了。在无法相见的日子里，愿我们爱的回忆陪伴你，抚慰你。如果你知道我是多么地爱你，如果你知道，你在我的生命中是多么重要，你就会不忍心离开我一时半刻，你就会永远留在我身边。你我双心一意、心有灵犀。

　　现在是晚上十一点，我还是没有见到你。我急切地等待着你，我将总是这样盼望着你。上次见面时，你俊雅的面容与你投向我的目光令我深深沉醉，距离现在似乎已经过去了一个世纪之久。今晚恐怕见不到你了，我是多么可怜啊。啊，回来吧，我的爱人，回来吧，我的生命。你不知道我是多么思念你，每当我回忆起那晚时，内心都充满了狂喜与对幸福的渴求。你不知道我是多么渴望沉沦在你那令我心醉神迷的呼吸与亲吻中！

　　我的维克多，请你原谅我所有的疯狂之举，这些行为都是出于我对你的热爱。爱我吧。只有你的爱才能让我感觉到我是真实存在的，它如同阳光般照亮我的生命。我要去睡了。我将在为你祈祷中进入梦乡。我希望你幸福，这便是我的信仰。

　　再次诉说我对你的思念。

　　愿我梦中所见的都是你。

朱丽叶

我并不是一个道德完善而高尚的人,我的爱就是我的全部。但是我爱得强烈、专注,而且恒久。

乔治·桑

乔治·桑（George Sand）是法国乃至世界文学史上最杰出的女作家之一。福楼拜曾说："她是法兰西的代表，独一无二的荣耀。"她出生于法国中部的一个贵族家庭，父亲是拿破仑时代的军官，母亲是皇宫里的女裁缝。由于父亲早逝，母亲曾沦落风尘，乔治·桑从小便跟着祖母一起生活。祖母出身高贵，思想独立、前卫，常常在自己的城堡里举办各种艺术沙龙，孟德斯鸠、小仲马、李斯特、福楼拜、伏尔泰等名人都是她家的常客。他们常常在一起抽雪茄，品红酒，吃烤肉，高谈阔论。祖母对她的影响很深，长大后，她抽雪茄、喝烈酒、骑快马,做了很多那个年代的女人不敢做的事。

十八岁那年,懵懂的她在满心幻想和憧憬中,嫁给了一个贵族青年,成为男爵夫人。但是,渴望精神生活的她很快便无法忍受丈夫的平庸和缺乏诗意的生活,便开始一次又一次的婚外恋情。1831年,她在"离婚"还没出现在当时社会生活字典中的情况下,做出了那个时代惊世骇俗的举动:坚决与丈夫分居,并带着一儿一女同情人一起到巴黎开辟新的生活。

1. 乔治·桑
2. 缪塞画像

在巴黎,她勤奋写作,发表第一部长篇小说《安蒂亚娜》之后,一举成名,从此不可遏止,接连发表了《小法岱特》《魔沼》等作品,确立了自己在法国乃至世界文学史上的地位。她生活得很肆意,和雨果、巴尔扎克、司汤达几个大作家都有密切交往。1833年，乔治·桑在一场晚宴中认识了二十三岁的诗人缪塞，并对这个比自己小六岁的青年才俊充满了好感，而缪塞也被她的与众不同深深吸引。两人很快便坠入爱河，随后，缪塞就搬去与乔治·桑同居。然而不久之后，两人之间渐渐产生了一些矛盾。尽管也为修复这段关系做出了很多努力，却终究渐行渐远。多年以后，缪塞和乔治·桑以都他们的爱情故事为原型，分别创作了自传体长篇小说《世纪儿的忏悔》和《她和他》。

与缪塞分手之后，乔治·桑在李斯特家遇到了同为客人的肖邦。当他兴致盎然地弹完一首曲子抬起头时，看到乔治·桑站在钢琴旁眼神炽热地望着他。她成功地让比她小六岁的肖邦爱上了她。1838年11月，乔治·桑带着她患有风湿病的孩子去了西班牙的马洛卡岛休养，此时正被肺结核困扰的肖邦便跟随乔治·桑一家去了西班牙。在那里，他们度过了一段难忘的时光。乔治·桑将这段经历写在了她的小说《马洛卡岛上的冬天》中。

每年夏天，乔治·桑都会带肖邦回家乡诺昂生活一段时间。她尽心尽力、无微不至地照顾着肖邦，还为他准备了漂亮的创作室。平静、安宁的生活给将肖邦带入了创作高峰期，在此期间，他创作出《降A大调"英雄"波兰舞曲）》《降E大调夜曲》等杰出作品，还为乔治·桑写了很多动人的曲子。

在他们相爱九年之后，还是因为各种原因分手了。分开后的第三年,肖邦肺病加重,离开了这个世界。临终前,他喃喃自语:"桑说过, 要我死在她的怀抱里的……"

请在你的心间给我留一个
秘密的小角落

乔治·桑致缪塞

> 我受过爱情的伤,也偶尔伤害过别人,但我爱过。

不,亲爱的,我写给你的这三封信并非是情人的道别,而是以朋友身份对你的问候。爱情的感觉美妙、纯净、甜蜜,让我难以割舍。希望我们共同的回忆不会妨碍你现在的幸福生活,但是也请你不要否定、无视我们之间的过去。希望你快乐、被爱,我相信你一定会得到幸福的!但是,请在内心深处为我保留一个小角落,在你难过的时候,可以去那里寻找安慰与鼓励。你没有谈及你的身体状况,不过你说到,一阵阵春日的气息混杂着丁香花的香气飘进你的房间,让你感受到了渴望爱情的、年轻的心在跳动。这就是健康和活力的标志,大自然总是传递给我们最美妙的讯息。所以,阿尔弗雷德,全心全意地去爱吧。去爱一个年轻漂亮的、没有被爱过、不曾被伤害过的姑娘吧。好好照顾她,不要让她伤心。你知道,恋爱中的女人是非常脆弱的。我认为几乎不存在有所保留的爱情，这也不是你爱慕、守护一个人的方式。你装作不相信爱情，借此保护自己，或者戴上年少轻浮的面具来掩饰自己的真心，这都是徒劳的。你的灵魂注定是为爱而生的，不然就会消亡。我不相信如此青春活力的你能就此消沉下去。你一定会释然的，然后把你的爱意情不自禁地转移到不值得的对象上。你曾说过很多次，"世界上只有爱才有意义"，你绝不能食言，没有什么能够抹去这句话。也许爱是一种能力，它可以被剥夺，也可以重新获得，它可以被培育，也可以用痛苦与磨难换取。也许你爱我爱得很痛苦，所以才能够毫无保留地去爱另一个人。也许她不如我那样爱你，也许她会比我更幸福，能得到你更多的爱。爱情就是这样神秘，上天一次次把我们推向全新的、未知的路！大胆去爱吧，不要抵抗天意，上帝不会放弃他的孩子们的。上帝会把他们置于危险之中，让他们学会生存，然后才会把他们带往盛宴，去享受。

　　亲爱的，我的心已经平静了下来，希望也降临到了我身上。我的想象力逐渐枯竭，我现在把心思都放在文学小说上。想象力逐渐退出我真实的生活，再也不能诱导我突破谨慎与理智的界限。我的心却仍然感性脆弱，轻微的刺痛就能让它流血不止。这种病态的感性不是短时间内可以痊愈的。但是，我也看见了上帝，他俯下身子向我伸出手，让我去过平淡、长久的日子。所有真实的幸福都为我所有。以前我过惯了激情的日子，现在偶尔会想念；但是每当忧郁的心情消散后，我便庆幸自己能够保持清醒理智。加速我伤口愈合的重要原因之一就是我可以隐藏从前残余的痛苦。他没有像你那样洞悉一切的双眼，我可以轻松自如地在他面前装出生病的样子。只要他察觉出我有一丁点悲伤，我就会用头痛或是脚上长了鸡眼搪塞过去。他从未见过我无忧无虑、如痴如狂的样子。他不知道我内心的隐秘，不知道我真实的性格，这样很好，不是吗？而且，在他面前，我不是桑夫人。正直的皮埃尔没有读过《雷丽亚》，我认为他读不懂。他从没想过诗人会有这么多荒唐的念头，他对待我像对待一个二十岁的女孩，他觉得我单纯善良。我什么也没说，任凭自己被这种甜蜜、真诚的感情包围。我生平第一次这么平静地去爱。

也许，你还没到我这个阶段。也许，你要走的路和我的截然相反。也许，你最终的爱人比我更加浪漫、青春。但是，我求你，不要扼杀自己的真心！可能不是每一段感情都包含全部真心，但是真心在爱情中永远拥有至高无上的作用，这样，当你回首过往时，可以像我这样说：我受过爱情的伤，也偶尔伤害过别人，但我爱过。我是一个活生生的人，而不是由我的骄傲和痛苦造就的装腔作势的人。我在孤独、低落的时候扮演过这种角色，但是这是为了安抚我的孤独,当两个人在一起时,我就会像个孩子一样沉醉其中,变得糊涂、善良,爱情就是会把人变成这个样子的。

别了,亲爱的,给我写信吧。继续给我写这些动人的信,它们会抚平我们的伤疤,把昔日的痛苦转化为今日的欢乐。吻你。

桑
1834 年 5 月 12 日
于威尼斯

爱情是一座庙宇

乔治·桑致缪塞

> 希望的眼泪和幸福的歌咏,这两种心灵的跃动哪一种才是最美?

愿上帝保佑你,我的朋友,在你的心灵和思想所在的位置上保佑你。爱情是一座庙宇,是一个拥有着爱慕的人为他所崇拜的对象建造的殿堂,这其中最美的不是神,而是神坛。何必畏首畏尾,不管神像是长期屹立不倒,还是即将粉碎,你都会建起一座美丽的庙宇。你的灵魂会栖息在这里,会充满着神圣的烟火。像你这样的灵魂一定会创造出一幅伟大的作品。也许神会发生变化,但寺庙会和你一样长久。它将是一个崇高的避难所,你将去那里重新点燃你的心灵,以获得永恒的火焰。这颗心将足够丰富,足够强大。当神荒废了它的根基,它就会召唤新的神性。那么,你是否相信,一段简单的爱情就足以让一个坚强的灵魂疲惫和枯萎?起初我也曾相信,但我现在却感到,事实恰恰相反。这是一团火,总是想用力地向上燃烧,燃得通透。也许我们越是徒劳无功,就越是善于寻找,越是被迫改变,就越是精于长存。谁知道呢?也许这就是一生中的一个可怕的、壮丽的、必须要有勇气去做的事业。这是一顶开花的荆棘冠,当一个人的头发开始变白时,就会展露花苞,透出玫瑰花一般的美。也许上帝要用我们青春的力量来衡量痛苦和劳累,有时我们需要休息来享受过去的疲惫。希望的眼泪和幸福的歌咏,这两种心灵的跃动哪一种才是最美?也许是第一种吧。而我现在已进入第二种状态了,可我却觉得犹在梦中。但第一种也是上帝所珍惜和保护的,因为有所经历的人会需要他的帮助,而这种跃动有着最生动的情感和最热烈的诗意。所以不要怕它。这是一条崎岖小径,看似危险而痛苦,实则却能通向一种崇高的境界。一旦到达,你便能看到那个始终主宰着弱者的、无精打采又平坦单调的世界。

最好的答复

乔治·桑致缪塞

66 你的友谊不就是我现在将会发生的一切重大事件的支柱吗？你把我交付给了一个深情和美德都如同阿尔卑斯山一样永恒不变的人。99

亲爱的宝贝，我在几天前收到了你的车票，并在今天收到了你的信。我由衷地感谢你，感谢你立即提供给我莫里斯的消息并负责寄钱给我，钱终于到了我手里。多亏了一位邮递员，他不厌其烦地检查过邮局里的所有信件，并在伦敦的信箱里发现了布科伊兰的信。我时而指责时而哭诉的那个可怜的孩子，他已经死了，已经被埋葬，这一切都已非常确定。我终于还清了债务，闲暇时也有了足够的食物。我的好孩子，你无法想象，命运兴奋地让我经历了一段时间的诸多不幸和痛苦。我已经告诉你了其中一些事情，这就是痛苦的原因。

不管你怎么取笑，它有马的身体来承担，有奴隶的勇气来工作，它贬低了你，它给了那些有钱的苦力们侮辱你、抱怨的权利。我一直大胆而骄傲地带着我的东西，我的双臂里有足够的这些东西可以支撑我活下去，可以不用戴米道夫先生的财富。但是，一连串不幸的来临、一个愚蠢的危险境遇、一个邮政员工的疏忽，都使我受到了侮辱。哪怕对我这样正当的骄傲来说这不算是一种侮辱。但至少它也是一块污点，一池令人厌恶的泥潭，它挡在我面前，不让我过去。这些都让我心情失落，也唤起我想要自杀的念头,悲伤的同伴在我身后紧追不舍。不过,我的宝贝,你不要担心,它很有可能会一直跟着我,但不会给我带来任何麻烦,因为我这里没有心痛的感觉:如果我能够抵挡住过去所经历的那些,那么物质生活中的烦恼和厌恶,很有可能不会比爱情和友谊的痛苦更加强劲有力。我最后的那封信一定能让你足够安心。如果我发现你托付给我的朋友有什么好抱怨的,我将变成异类。他是一个温柔、善良、奉献自己如天使一般的人。我喜欢那些给我好心情的生活,但你知道,外面的世界有些事情是那么的让人伤感,让你难以从困窘里走出来。所以我也有被糟糕的命运绊住的日子。但命运也有圆满幸福的时刻,我希望我将会很快拥有这种幸福。

……

因此,你清楚地知道,你的眼泪是我幸福的源泉:不是你绝望痛苦的泪水,而是你的热情、你的兴奋和你所作出的牺牲的眼泪。也许你以后会更懂得爱情，也许你会拥有更平等更幸福的生活，但你永远不会比在那段悲伤的日子里更伟大。不要讨厌记忆中那些悲伤的过往，当孤独的无聊占据了你，请记住，你给我留下了无比亲切、无比珍贵的记忆（远远大于占有带来的快乐）。

　　我不希望你为了我的事情留在巴黎。如果你有钱，或是你想外出旅游：哦，我求求你，玩得开心点，至少分散一下注意力。我的生意现在很好。布科伊兰既没有恋爱，也还活着，他会像往常一样照顾好一切。只是，我想恳求你还在巴黎的时候，如果有时间的话请去看看我的儿子。如果你看到布科伊兰，好好照顾他，带他离开那里；但如果他的生意失败了，布洛兹就会告诉我他的消息。我想，我的母亲是不可能让他错过他的外出活动的。我不想和普朗什有任何关系。从布科伊兰谈起他时的冷淡和委婉，我可以看出布洛兹的话里有很多真实的情况。布洛兹一定是脑子有问题，竟然把那些坏话都告诉了你。布可兰没有告诉我什么，却让我更加清楚自己要坚持什么。我会和普朗什做些解释，虽然只是主观想法，但会让他无法开口争辩什么。

　　至于你，最好的答复就是耸耸肩，像以前一样轻松地说声无所谓。你想去哪就去哪吧，能去哪就去哪吧，只要能让我见到你，不管能见几次面，一切都听你的。

乔治·桑致缪塞书信手稿

> à Alfred de Musset
>
> (lisant à un code dans la correspondance avec A. de Musset, G. Sand donne à double sens à cette lettre qui devient osée mais à moitié seulement.)
>
> Je suis très émue de vous dire que j'ai
> bien compris l'autre soir que vous aviez
> toujours une envie folle de me faire
> danser. Je garde le souvenir de votre
> baiser et je voudrais bien que ce soit
> là une preuve que je puisse être aimée
> par vous. Je suis prête à vous montrer mon
> affection toute désintéressée et sans cal-
> cul, et si vous voulez me voir aussi
> vous dévoiler sans artifice mon âme
> toute nue, venez me faire une visite.
> Nous causerons en amis, franchement.
> Je vous prouverai que je suis la femme
> sincère, capable de vous offrir l'affection
> la plus profonde comme la plus étroite
> en amitié, en un mot la meilleure preuve
> que vous puissiez rêver, puisque votre
> âme est libre. Pensez que la solitude où j'ha-
> bite est bien longue, bien dure et souvent
> difficile. Ainsi en y songeant, j'ai l'âme
> grosse. Accourez donc vite et venez me la
> faire oublier par l'amour où je veux me
> mettre.
>
> George San[d]

但至少要让我知道你是否像过去一样面颊粉嫩，是否像你瞎说的那样圆润；至少让我对你的健康情况放心，让我像亲吻我的莫里斯一样亲吻你。我要听到你告诉我，你是我的朋友，我的爱子，你对我的感情永远不变。我还不知道帕杰罗能不能陪伴着我。当我独自踏上这段伟大的旅程，他看到我走后会感到悲伤，这让我有些害怕。此外，我知道他不会接受我哪怕一丁半点的资助，他会说得很客气，然后决定到其他地方去借贷。他其实不想离开我……非常期盼能与你见面，我希望这样能让他不去想自己的窘境。

关于普朗什，我这里再多说一说。布库瓦朗要我改正在布洛兹处发表的，与我相关的一切证据。如果能逗他开心就好了，既然我没有要求他这么做，我也用不着同他道谢。这是他和布洛兹之间的事。但在我看来，布洛兹如果把我在《评论》杂志上写给你的信托付给他，那就是不谨慎了。你应该知道这些事情的发生经过，以及布洛兹是如何重读修改后的校样的，你知道一个音节的更换就可以完全改变一个句子甚至一个段落的意思。有时恶意的篡改或是无心之失会造成奇异的错误。《费加罗报》的 ou（或者）改成 où（哪里）就是一个好证据。

　　我亲爱的宝贝，当你说要为我付出生命时，我难道不知道你说的全是肺腑之言吗？在这个世界上，还有什么比这份信任更加珍贵呢？你的友谊不就是我现在将会发生的一切重大事件的支柱吗？你把我交付给了一个深情和美德都如同阿尔卑斯山一样永恒不变的人。我从外面的生活中能感受到的一丝小恶，也全由你和他抵消了。除了告诉莫里斯给你妈妈写信，告诉布洛兹给乔治寄钱之外，就千万别理会他们。能伤害我的，也就是失去你的爱了。同时，能让我从所有的痛苦中得到慰藉的，也只有你的爱了。想一想，我的宝贝，你就在我的生命中，与我的儿女地位相同——能将我置于死地的，只有那两三个巨大的打击，也就是他们的死亡或者是你的冷漠。至于皮埃尔，他的身体能够熬过我们所有人的葬礼，他有一颗不再属于自己而是属于我们的心，就像是我们胸中的那颗。

再见了，再见了，我亲爱的天使，不要因为我而伤心。相反，你要在你的旧情人的记忆中寻求你的希望和安慰，她珍惜你，她向上帝祈祷能够拥有你的爱。

请将附信投入你在路上见到的第一个邮局。

明天我会把《雅克》第二卷的半本寄给他，并告诉布洛兹，7月15日，他将收到整部小说。他会把最后的一千法郎，通过邮局寄给我。我想在25日之前在这儿启程。请你读一读《雅克》，并删掉其中那些愚蠢的部分，这对我来说将是一种极大的享受。我希望布洛兹能尽快收到拉罗什富科先生的款项。他们说布洛兹买下了《巴黎评论》，做了一个赔本生意。这是真的吗？

我们不谈过去，不谈现在，
不谈将来

缪塞致乔治·桑

> 我想倘佯在你的心上，与你静默相对。

小乔治：

　　昨日，与你一别，我便向母亲要了些前往比利牛斯的盘缠。她允了我，我将在四天后启程。虽无人知晓其中的原因，但我却能无羞无惧，毫无保留地与你诉说。我太想见你了，这思念已将我击败。

　　我又要开始，在这有着抵抗和痛苦的五个月，书写伤怀之作。你我又将再次相隔山海而不能相见。可这会是最后的难关，我知道我将为它付出多少代价。而一旦有所成，若我再见到我那在天上的父亲，他将不会再喊我懦夫。我会穷尽一切来生活，努力赚钱，如若上帝允许，我会见我的母亲，而与法国永诀。

我看到了、也听到了你的喜乐。做你的朋友是如此幸福的事情啊，你那充满温柔喜悦的灵魂，热情地环住了我的痛苦。但命运却从不将它宽恕。

　　我所经历的世界将会组成我的故事，我会将它们书写下来，哪怕这或许对别人来说毫无意义。但是我的同道中人将会看到他们的未来之路，以及正在走向深渊之人也会听到我的坠落之声，并且面露苍白。

　　这就是我的使命。但别怕，我不会怪你，正因有你，我的这份使命才能圆满。你曾是我的生，我的死。你的选择是正确的。而我的命运也快要到头了。

　　我离开威尼斯那天，你留出了一整天陪我。而我今日要永远离去了，踽踽独行，无人相伴，连条狗都没有。我恳请你能再陪我一小时，给我一个最后的亲吻。若是你惧怕这别离之苦，害怕我的请求会冒犯皮埃尔，别犹豫，直接拒绝我吧。我虽会痛苦，但却无半分怨言。倘若你敢，那便只你一人见我，就在你家，或其他你喜欢的地方。为何你怕听到命运之神的高亢声音？当它在我们半掩的窗户边喃喃着感伤的华尔兹时，你是不是哭了？

　　我想徜徉在你的心上，与你静默相对。不谈过去，不提现在，不聊远方。这不是一个男人和一个女人的道别，而是两个伤心的灵魂，两个痛苦的智者的道别。是两个在空中相遇的断翅的鹰的道别：它们互诉衷肠与苦难，之后分别以求永恒。这是多么无瑕的拥吻，如同一场圣洁而深刻的爱情，也如同人类的伤痕。

　　我的情人啊，请温柔地为我戴上那由荆棘织就的王冠吧，然后，就此永别！这会是你最后的回忆，最后，对一个死去少年的回忆。这回忆，将永存着，直到你头发苍白，容颜老去。

　　　　　　　　　　　　　　你的宝贝阿尔弗
　　　　　　　　　　　　　　1834 年 8 月 18 日
　　　　　　　　　　　　　　　　于巴黎

我一生中唯一的爱情

缪塞致乔治·桑

> 我已经每日每分，不论是独自一人还是于人群中，都在和这份爱对话，我知道我无法将它战胜。

谢谢你答应我的请求。至于我要离开的决定，就不要再谈了，这是不会改变的。昨晚睡觉的时候我已下定决心。今天早上我打开窗户，看了看在穹顶之上的太阳，并没有发现有什么可以改变它。虽然在认识你的时候我还是个孩子，但你要相信，我现在已经是个男子汉了。我没有误解什么，我没有恐惧也没有希望。说我在绝望之中，这是可能的，但这并非是绝望影响了我，而是我感受到绝望，估量着绝望，并且将它影响。在这方面，请你不要再提了，也不要怕我有什么出格之处。你对我说我的感觉是错的。不，我没有弄错。我感觉到了我一生中唯一的爱。我坦率而高声地对你说，因为我已经每日每分，不论是独自一人还是于人群中，都在和这份爱对话，我知道我无法将它战胜。但它既然无法战胜，我的意志也会是同样无法战胜的。它们不能互相毁灭，不过若要让其中一方起着更多的作用，则应由我来决定了。不要再费心思去想这些了，我已经考虑了很久。当我冒着风险见你的时候，我估量过所有的可能性，才做出这个决定。不要为此而悲伤，我的心中没有一丝苦涩。我已经给布洛兹写了信，今天要和他一起吃饭谈生意，这样我就可以有一些钱。我很可能先去图卢兹，去我叔叔家（我经常跟你提到的那个），从那里去比利牛斯山；一两个月后再从那里的水路去加的斯。如果想让我见你的话，就给我写信吧。我周三走，最晚是周四。

你的宝贝
阿尔弗

我不会让你寂寂无名地躺在冰冷的坟墓中

缪塞致乔治·桑

> 请你放低傲慢的姿态,也请你放低期望的阈值,我亲爱的乔治,人永远无法获得自己想要的一切。

小乔治:

这是我送你最后的告别了,我的爱人。我满怀信心地把它送给你,即使满是痛苦,也丝毫未感绝望。残酷的焦虑、凄美的挣扎还有苦涩的泪水在我身上展现得淋漓尽致,但现在剩下的却是荒凉而甜蜜的忧愁。一个安静的夜晚过去,今天早晨我发现她就在我的床边,甜美的笑容挂在唇边。她就是将和我一起离开的朋友。她的额头上还带着你最后的吻。我为什么在告诉你的时候要感到害怕呢?难道这不是纯洁的吗?你的灵魂不是美丽的吗?你永远不会因为这两个小时而责怪自己的,因为我们在是悲伤中度过的。相反,你会记得的。这是他们倒在我伤口上的愈合膏药。你为你可怜的朋友留下了充斥着悲怆与欢愉的记忆，无论将来发生什么，这都将保护她的心免受外界的侵扰。我们的情谊是神圣的，我的宝贝，就像昨天在上帝面前我们用眼泪做洗礼。她像上帝那样不朽。我无所畏惧，也无所期待。我想将所有了结于此。至于往后的欢愉，我早已不抱任何期望。好了，我亲爱的姐姐，我要离开养育我的故土，离开我的母亲，我的朋友们还有我的青春；我将像往常一样独自一人上路，当然，我会一直感谢上帝。即使那些爱你的人也不配得到你的咒骂。乔治，我还能承受；但我不能再埋天怨地了。

至于我们今后的关系，就由你独自一人来决定吧。说吧，哪怕只有一个字，我的宝贝，我的生命都是你的。即使你写信告诉我要我到一个离你千里之外的角落孤寂地死去，我也愿意。如果你信仰的上帝留在你内心的话，请你倾听，请你珍视我们仅剩的友谊，请你时不时地握住我的手给我一点力量，跟我说说话，哪怕相顾无言只有一滴眼泪。这就是我的全部了。

诚然，你也可能不在乎我们的友谊。但如果我从远方寄来的信叨扰了你清净的生活，也请你告诉我，也请你别举棋不定，最后，忘了我。现在的我，能够承受这一切并且毫无怨言了。

我愿意为你的快乐付出一切的代价！也心甘情愿将世间最美好的祝福送给你！时光不可逆，死亡不可弃，青春不可欺。我只想看到你的笑容，如果你无法微笑，也请你不要懊恼。昨天你告诉我你从未感受到幸福，对此我不知如何作答。因为即使是上帝也无法否认死亡将至。

请你快乐，请你勇敢，请你要有耐心，请你永怀怜悯之心。请你放低傲慢的姿态，也请你放低期望的阈值，我亲爱的乔治，人永远无法获得自己想要的一切。如果有一天需要你独自面对生活的满地鸡毛，请你回想一下我们一起立下的誓言，"请别留我一人苟延残喘在这世间"，这可是你在上帝面前答应了我的。

尽管在我没有写出关于我和你，尤其是关于你的书之前我是不会死的。不！我美丽的！圣洁的新娘！我不会让你一人躺在冰冷的棺木中。不！不！我以我的才华起誓！我会亲手为你放上大理石的墓碑，墓地上会开满圣洁的百合花，人们会念着我们的名字，就像罗密欧与朱丽叶，爱洛绮丝与阿贝拉尔那些永垂不朽的情人那样，提到我们其中的一个必然会提起另外一个，这比任何盛大的婚礼还圣洁。当未来的人们谈到我们时，我们将是代表上帝的象征中的其中一个。有人说过，人类精神的革命总是有先驱者，预示着他们在自己的世纪里的革命。好了，英明的世纪已经到来。未来的主宰者正从废墟中走来；她将在她项链中的其中一颗宝石上刻上你和我的肖像。她将成为祝福我们的牧师，她将把我们安放在坟墓里，她将把我们的名字刻在生命之树上。

我将以一首赞歌来结束我们的故事。从一颗只有二十岁的心脏深处，从世间所有孩子中，我要在这个炙热而腐朽，无神论者和无耻之徒的时代，响起基督留在他十字架脚下的人类复活的号角。天哪！天哪！耶稣啊，我要将我情人的吻还给你，是你将她带到我的面前，她经历了重重困难，走了多远的路才来到我的身边，我要为她，为我们，修筑一座常青的坟墓；人们也许将会重复我的话，但他们会祝福那些带着爱神的香桃木去叩开自由之门的人！

你的宝贝阿尔弗
1834年8月23日
于巴黎

贝多芬

路德维希·凡·贝多芬（Ludwig van Beethoven）生于1770年，是欧洲音乐史上具有划时代意义的音乐大师，被尊为"乐圣"和"交响乐之王"。他终身未婚，一生充满了艰辛和坎坷。

1800年，他为一名叫朱丽叶的贵族之女教授钢琴课，并被她深深吸引。贝多芬虽相貌平平，但在音乐方面才华横溢，内心世界丰富，两人很快坠入爱河。热烈的爱情让贝多芬享受到了人生中难得的幸福。但朱丽叶出身高贵，他们最终因身份的悬殊不得不分手。《月光奏鸣曲》就是贝多芬为她所作的。

贝多芬

朱丽叶有一个表妹，名叫特雷泽·布伦什维克。与朱丽叶分手后，贝多芬与她的关系日益密切，在四年间给她写过十三封情书。此时的贝多芬听力已经出现了问题，他曾经在信中对特雷泽说："是你把我从耳聋的危机之中解救出来，我将证明我不会让你失望，我会更加勤奋地创作。"这一时期，贝多芬的作品异常丰富。

1806年，贝多芬到布伦斯维克伯爵家做客，结识了他的妹妹泰丽莎。不久，他们相爱了，并在布伦斯维克的同意下订了婚。在他们婚约维持的四年里，贝多芬度过了少有的温情和快乐的时光。贝多芬后来说："当我想到她时，我的心跳仍和初次见到她时一样剧烈。"他后来还为她创作了《热情奏鸣曲》。

后来，贝多芬被诊断为中耳炎，病情日益加重。此时，安东妮走进了他的生活。安东妮比他小十岁，且早已嫁作人妇，但她对于艺术的鉴赏能力深深吸引着贝多芬，令他无法隐藏对她的爱慕，并将创作的《迪亚贝利变奏曲》献给了她。

贝多芬和安东妮的地下恋情一直不为人知，1827年，贝多芬去世。人们在他的遗物中，发现三封写给"永恒的爱人"的情书。许多研究贝多芬的专家判断，被贝多芬称为"永恒的爱人"的人便是安东妮，也有一部分学者认为是写给朱丽叶的表妹特雷泽的。这个神秘的"永恒的爱人"至今仍未有定论。

言不尽意

贝多芬致永恒的爱人（一）

> 爱情所要求的一切都非常正确，无论我所要求于你的，还是你所要求于我的，都应当如此。

我的天使，我的所有，我的自我。今日我只书几字，用的还是你留下的那支铅笔。我的具体住址要待明日方能确定，如此度日，真是蹉跎时光。

对于那必然之事，我们为什么现在就如此忧心如焚？我们的爱情除了牺牲和无法求全之外，难道能有其他办法使之实现？你不完全属于我，我不完全是你的，这个事实，你又怎能加以改变呢？

天啊，你看看那美丽的大自然吧，对于那些必然要发生的事，不妨宽心释怀。爱情所要求的一切都非常正确，无论我所要求于你的，还是你所要求于我的，都应当如此。我必须为了我们而生活下去，但此事你不用常挂心头。如若我们完全合而为一，你中有我，我中有你，那你就

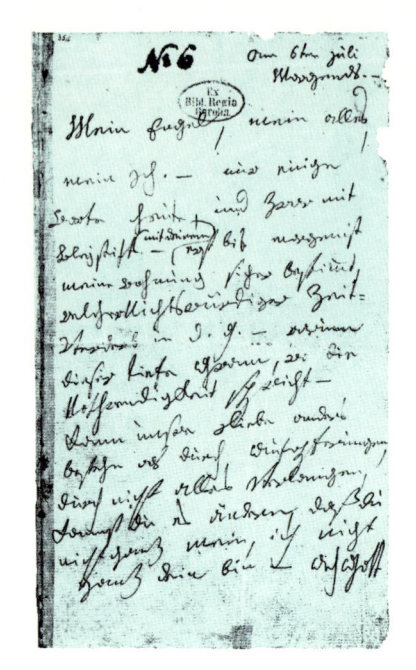

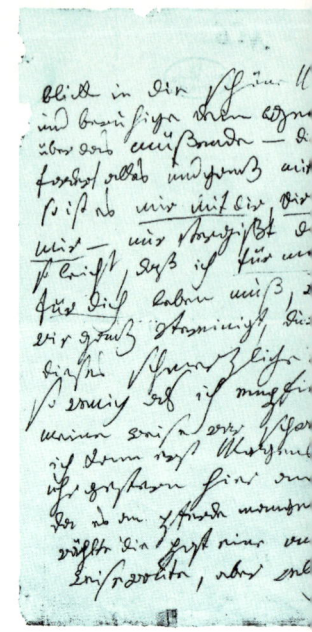

和我一样不会经常感觉到这种痛苦了。

　　我这次的旅行实在是狼狈不堪。我昨天凌晨四点才赶到此地,因为缺乏马匹,马夫另择了一条路,但却是如此糟糕的一条路!在去最后一站的前一站,有人警告我不要在夜里走这条路,因为会途经一片阴森恐怖的森林。我惶恐不安,都是因为那些当地人的话搅乱了我的心绪。

　　途中要经过一条可怕的路,这些传言并不确凿。我的担心是错误的,那条路只是个没有人烟的乡村小道。

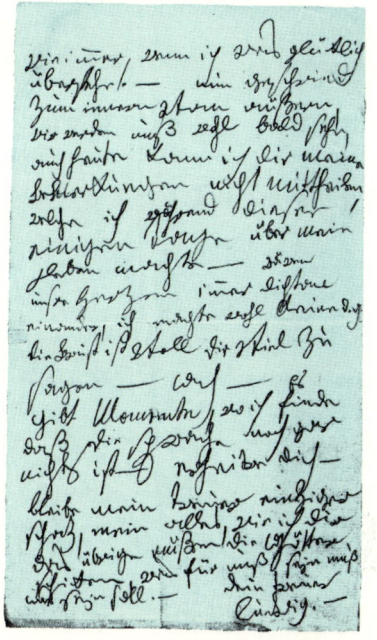

贝多芬致永恒的爱人手迹

如果我没有如此勇敢无畏又车技过人的马夫,那么我恐怕就得待在半路了。

亚斯托哈基驾了八匹马的车子走另一条常行的道路,所遭遇的命运和我们驾四匹马的车子正相同。尽管困难重重,我依旧在其中找到了部分乐趣——现在要快些由内部的心情说到外部的事物。我们可能不久就会见面,我这几日对生活的万分感慨,今天无法一一告诉你。倘若我们的心一直紧紧相连,那我也就不会有这些感触了。我有满腔的心事想要向你倾诉,唉,在这一刻,我感觉

贝多芬

到语言的苍白无力，字里行间无法流露此情此意。

　　愿你生活喜乐，愿你永远做我的唯一忠实的宝贝，做我的一切，我亦是你的全部。至于我们向神祈求的其他东西，上天都安排好了。

你忠实的路德维希
7月6日上午

我们的爱像天堂一样永恒

贝多芬致永恒的爱人（二）

> 在我面前，绝不要把你自己隐藏起来。

让你受苦了，我最亲爱的人儿。我现在得把书信尽早寄出，我刚知道，周一到周四才有从我这儿到K城的邮车。让你受尽煎熬了。唉！无论我身处何处，愿你与我同在——我将为之努力，让我们能生活在一起。没有你在身边的日子，这算什么生活？！

四处都有善意的追随者，但我自觉不配得此殊荣，也不愿有这样的礼遇。人对人的谦卑使我痛苦。纵观宇宙，我常思考自己是谁，而世人所称的神又是什么……但确实每个人都是有神性的。当想起你也许要到周六晚上才能收到我的第一次消息，我不禁潸然落泪……你固然爱我，但我对你的爱更加浓烈。在我面前，绝不要把你自己隐藏起来。

祝卿晚安！

我已经洗过澡，必须去睡了。唉，上帝啊，我们的心贴得如此相近，距离却又隔得那么远！我们的爱就像是空中楼阁，但又如天堂一样永恒！

7月6日星期一夜晚

为了让你尽快收到这封信，我必须到此搁笔

贝多芬致永恒的爱人（三）

> 你的爱让我成为世界上最幸福的人，同时，也让我变成了世界上最痛苦的人。

我已躺在床上睡觉了，但我脑海里的点点滴滴都是你——我永恒不朽的爱人。时而欣喜若狂，时而又悲痛欲绝，等待着命运的消息，不知它是否会听从我们的心愿。要么没有你，要么没有生命。

是的，我决定四处漂泊，直到我能奔赴你的怀抱，直到我完全可以被你称为家人，直到我的灵魂由你送入天堂……是的，不幸的是，非如此不可。你会更坚定，因为你知道，我对你忠贞不渝，再也不会有别的人可以占有我的心，不会，永远不会！

上帝啊！为何要使所爱之人相隔山海？此刻，我在维也纳过着悲惨的生活，但你的爱让我成为世界上最幸福的人，同时，也让我变成了世界上最痛苦的人。像我

这个岁数，需要的是一种稳定美满的生活，就我们目前的关系可以实现吗？

天使呀，我刚听说邮车每天都会出发，为了让你尽快收到这封信，我必须到此搁笔。请静下心来，平心静气地思考我们的存在，那我们生活在一起的目标将会越来越接近——冷静——爱我——今天——昨天——撕心裂肺地想念你——你——你——我的生命——愿你一切安好——啊，要一如既往地爱我——永远不要怀疑你爱人那颗忠贞不贰的心：

我永远是你的，

你永远是我的，

我们永远在一起！

7月7日上午

罗伯特·舒曼

浪漫派音乐诗人罗伯特·舒曼（Robert Schumann）在青年时期，跟随莱比锡最有名的音乐老师维克先生学习，由此认识了维克的女儿克拉拉。克拉拉受父亲影响，对音乐有着过人的天赋，八岁时便在此领域内崭露头角。舒曼比她大九岁，但他们的交流并没有因此产生障碍。他们时常在一起谈论音乐创作、四手联弹，渐渐产生了感情。

舒曼和克拉拉的感情日益深厚、如胶似漆，在没有经过父母同意的情况下私定终身。克拉拉父亲知道后大发雷霆，大力阻挠。毕竟，当时克拉拉已成为名声渐增的钢琴演奏家，在父亲眼中，舒曼远远配不上自己的女儿。可结果却适得其

舒曼与克拉拉

反，爱情不但让舒曼的内心变得更加坚不可摧，还使他迸发了灵感，为他的音乐创作赋予了诗性般的语境。1840年，两人迫于父母的反对，寻求法律帮助，在法官的支持下终成眷属。同年，舒曼创作出大量歌曲，他曾写道："这是我最丰硕的一年，从二月到秋天，我写了一百五十首歌曲。"舒曼的许多著名作品，如《声乐套曲》（Op.39）和《诗人之恋》（Op.38）等，都创作于这个时期。

舒曼的签名

然而这种幸福并没有维持多久,舒曼患有家族遗传的精神病,几次自杀未果,最后被送至精神病院疗养。舒曼患病后,整个家庭彻底陷入了困境,带着七个孩子的克拉拉,为了谋生四处巡演,内心承受着巨大的悲痛。而这时,勃拉姆斯[①]出现在了她的身边。他是舒曼的学生,从二十多岁第一次来舒曼家做客的时候开始,就一直暗恋着她。在得知他们的情况之后立刻从外地赶来,帮助克拉拉一起照顾舒曼和孩子们。

1856年,舒曼去世。在克拉拉最悲伤的那段日子里,勃拉姆斯一直陪伴着她、安慰着她。在他的悉心照顾和劝导下,克拉拉重新振作了起来。此时,外界关于勃拉姆斯和克拉拉的流言蜚语越来越多。为了使她免受干扰,专心于自己的音乐事业,并将舒曼的作品继续流传下去,勃拉姆斯选择了离开,再也没有与克拉拉见过面。

如今,无论在茨维考还是莱比锡,舒曼的影子随处可见。而与舒曼相关的地方,也是人们缅怀克拉拉的地方。每年在茨维考和波恩举办的舒曼音乐节上,人们也总会提起他如影随形的钢琴家夫人克拉拉。

① 约翰内斯·勃拉姆斯,德国浪漫主义作曲家,在德国音乐史中与贝多芬、巴赫一起被人们并称为"3B",被认为是贝多芬之后最伟大的作曲家之一。

除你之外，别无所思

舒曼致克拉拉

> 而我呢，我会睡到角落里，把头埋在垫子里，除你之外，别无所思。

  写信与你，是让极度困倦的我，保持睁眼的唯一方式。在过去的两个小时里，我一直在等待邮车。路况太差，也许我们得到凌晨两点才能继续赶路。我是如此清晰地看到你，我最挚爱的克拉拉。你似乎一直在我身边，触手可及。曾几何时，我可以在美妙的乐句中向你袒露心迹，如今却成为过眼烟云……

  我也想告诉你，我的未来现在已经有了很大的保障。当然，我不能坐吃山空。如果我要在你心里树立良好形象，就还得努力奋斗。你会继续发展你的艺术事业，分享我的作品和快乐，分担我的负担和痛苦。

  我在莱比锡的首要任务是把我的生活安顿好，我对自己很放心。谁知道呢？也许当我提出要求时，你的父亲不会拒绝为我们祝福。还有诸多事情需要考虑谋划，不过现在我相信我们的守护天使。命运让我们相遇相识，相知相依。我早已知这一点，尽管我没有勇气早点向你表白，与你商议未来。

　　下次我会对今天匆匆写下的文字进行完整的解释，如果你不能完全明白，那么请坚信——我爱你在心口难开。此刻房间已经很昏暗了，我的同伴们都在睡觉。屋外正下着暴风雪……而我呢，我会睡到角落里，把头埋在垫子里，除你之外，别无所思。

2月14日

我对你的信念坚定不移

舒曼致克拉拉

> 倘若我们同心合力采取行动，那么必会天遂人愿。

你对我是否仍然坚贞不渝？我对你的信任毫无动摇，但即使是一个信心百倍的人，如果从他世界上最心爱的人那里——像你对我这样——一点消息也无从所获的话，那他也会开始感到惘然的。

我千百次地想过，并且答案告诉我：倘若我们同心合力采取行动，那么必会天遂人愿。如果你同意在你生日（也就是9月13日那天），把用我的名义所写的信交给你的父亲，那么请你给我简单地回复"愿意"一词就可以了。他现在对我很好，如果你仍然爱我，他绝不会无视我。

这是我在黎明时写的，真希望有一道朝霞能把我们分开。最重要的是，要紧紧抓住它，只要我们愿意并行动起来，它一定会实现。这封信不要对任何人说，否则一切都可能前功尽弃。请不要忘记回复"愿意"。我必须先有这个保证，才能想其他的事情……我是完全发自内心且衷心保证并签字确认所写的一切都是真诚的。

罗伯特·舒曼

我会在你耳边倾吐芳心，向你说一句"愿意"

克拉拉致舒曼

> "为爱而生又何惧危险？"

你难道想听到的仅仅是"愿意"吗？虽是简单到不能再简单的一个词，却又至关重要——会的！我会说的！尽管我的心里装满了无以言表的爱，但我会发自肺腑地说出这个可爱的词。我一定要说出来，我会在你耳边倾吐芳心，向你说一句"愿意"，至死不渝！

我的心中充满痛苦，我的眼里常含泪水，我要一一说与你听。哦，不！也许命运很快就会安排你我互诉衷肠。你的计划对我来说似乎很冒险，但为爱而生又何惧危险？所以，我要再次认真负责地对你说："愿意！"

难道在我十八岁的这一天注定是个悲伤日吗？哦，不！那也太残酷了。我也早已感觉到"必须这样做"。世界上没有什么事能让我疯狂。我会以实际行动向父亲证明——年轻的心也可以坚若磐石。

临书仓促,不尽欲言。

你的克拉拉

1837 年 8 月 15 日

于莱比锡

我想用所有的亲热的词来称呼你

舒曼致克拉拉

> 你的来信闪耀着如此崇高的精神、那样的信任、那样丰满的爱情!

我是多么高兴,收到你最近的这些来信——那些自圣诞前夜以来写的信!我想用所有的亲热的词来称呼你,可是除了"亲爱的"这个简单到不能再简单的词之外,我再找不到其他更合适的词了,但是这也无妨,我可以用一种特别的语调说出它。因此,我亲爱的人儿,想到你是属于我的,我就喜极而泣,常常思虑自己是否配得上你。人们会认为,没有一个心灵性巧之人,可以很快消化一天之内的所有事情。所有这千千万万的思念、心愿、忧愁、快乐和希望都是从何而来?日复一日,这一连串的情绪,却永不停歇地变化,但是昨天和前天我是多么地逍遥自在啊!你的信中闪耀着如此高尚的精神,如此坚定的信念,如此丰富的爱!我的克拉拉,我愿为你付诸一切,在所不辞!古代的骑士证明爱情的方式比我们彰明较著，他们可以或是赴汤蹈火，或是伏虎屠龙，以此俘获恋人的芳心。但是现今的我们，则只能采用更平平淡淡的方式，比如少抽雪茄之类的。可是，不管是或不是骑士，我们都能够恋爱；所以，一如既往，只有时代在变，人们的心并没有变。

我有不可胜数件事情——大事和小事——想写于信中，我要是能把它们工整地写出来就好了，但我的字迹越来越不清晰，我担心这是心脏虚弱的信号。有时出现这样可怕的时刻：你的音容笑貌离开了我；我焦虑地思索着，是否已经明智地安排了我的生活；是否有任何权利把你——我的天使——绑在我身边；是否能让你像我所希望的那样幸福。我想，这些疑虑都来自你父亲对我的态度。接受别人的看法和评价并

舒曼致克拉拉书信手迹

不难。你父亲的行为让我扪心自问,我是否真的如此糟糕,地位如此卑微——竟会招致别人如此的对待。我已经习惯于轻松地战胜困难,习惯于面对命运的微笑,习惯于得到人们的好感。我被宠坏了,因为对我来讲,一切来之过易。而如今我却不得不面对拒绝、侮辱和诽谤。我在小说中读到过诸多这样的事情。但我对自己的评价太高了,无法想象自己会成为柯策布[①]笔下那种家庭悲剧的英雄。倘若我曾经伤害过你父亲,他很可能会恨我;但是我不明白他为什么要瞧不起我,就像你所说的,毫无理由地恨我。但是总有一天我时来运转,那时我将向他证明我是多么地爱你和他。我想告诉你一个秘密,我也的确很爱并且尊敬你的父亲,因为他有许多伟大的优秀品质。除了你本人之外,没有任何人能像我这样爱他和尊重他。我对他有一种与生俱来的虔诚和崇敬,就像对一切具有坚强性格的人物一样。因此他对我的反感使我加倍地感到苦闷。也许有一天,他会宣布和解,对我们说:"那么,你们就结婚吧。"

　　你无法想象你的来信给了我多大的鼓舞和力量……你真的是太超群绝伦了,我有更多的理由为你骄傲,而不是你为我骄傲。不过我已经下定决心,要从你的脸上读出你所有的愿望。虽然你不说,但你会觉得,你的罗伯特真是个好样的,觉得他完全是属于你的,觉得他爱

[①] 德国剧作家。

你胜于言语。在幸福的未来，你确实有理由这么想。我眼前仍然在浮现你昨晚戴着小帽子的样子。我仍然听见你用du①称呼我。克拉拉，当时我只听见那个字，其他你说的什么我全没听见。你难道不记得当时的情景了吗？

但是你还有许多别的令人难忘的丰姿我也历历在目。有一次你穿着黑色的衣服，和艾米丽亚·利斯特一起去剧院，那是在我们分开的期间，我知道你不会忘记。我对此仍然记忆犹新。另一次，你撑着一把伞走在托马斯小巷里，你拼命地想避开我。还有一次，当你在音乐会后戴上帽子时，我们的目光恰好相遇，你的目光里充满了依旧如初的爱意。我想象着你的各种样子，就像我后来看到的你一样。我并没有仔细地看过你，却被你如此地迷住……啊！我对你的赞美与爱恋是无以复加的，我确实不配得到你的爱情。

罗伯特

①德文，意为"你"，是较为亲近的称呼。

我的一颗心
是坚实而不能改变的

克拉拉致舒曼

> 你如果再迟疑不决,那你将使一颗只恋爱一次的心儿破碎了。

你还在怀疑我吗?我原谅你,我是一个弱女子!是呀,只是一个弱女子,然而我具有一颗坚强的心灵——我的一颗心是坚定不移的。这句话足以打消你全部的疑虑了。

我至今总是都心烦意乱的,如若你在此信后面写一句凝神静气的话给我,我就会无所顾忌地走向这广阔的世界。我已经答应了父亲,要豁达开朗,在艺术与世界之中再过几年生活。因而很多事情你会从我这里听到,当你知道这桩或那桩事的时候你会心生疑虑。可是你要想到——她会为我付出一切呀!你还会犹豫吗?你如果再迟疑不决,那你将使一颗只恋爱一次的心儿破碎了。

1837年于莱比锡

信封上写着:拆开此信,阅毕寄回。务必照办,使我心安。

因为爱你，我才再次感受到了自我。

马克思

伟大的无产阶级思想家卡尔·马克思（Karl Heinrich Marx）出身于一个普通的律师家庭。他与妻子燕妮早年便相识、相知，建立了深厚的感情。燕妮比马克思大四岁，出身贵族，被公认为是特利尔最美丽的姑娘和"舞会皇后"，许多英俊贵族青年为之倾倒，求婚者众。然而她却冲破资产阶级社会的传统观念，十八岁那年，瞒着父母与普通市民阶级的马克思私定终身。1836 年，马克思转赴离家遥远的柏林大学读书。在柏林，马克思因为对燕妮太过思念，开始用诗歌表达自己炽热而真挚的情感：

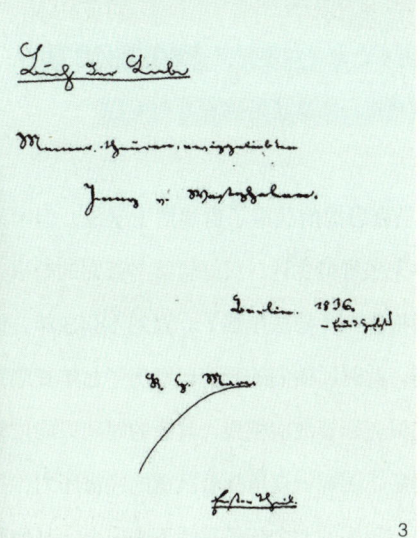

1. 马克思
2. 燕妮与马克思
3. 马克思致燕妮书信手迹

燕妮 任它物换星移 天旋地转

你永远是我心中的蓝天和太阳

任世人怀着敌意对我诽谤中伤

燕妮 只要你属于我

我终将使他们成为败将

而燕妮也同样情真意切地传递自己的爱意：

我甚至想象

如果你失去了右手

我便可以成为你必不可少的人

马克思

> 那时我便能记录下你全部可爱的绝妙的思想
> 成为一个真正对你有用的人

1841年，马克思提前获得了哲学博士学位，但因为他当时的经济条件无法维持生计，只好暂缓与燕妮的婚事，先后忙碌于《莱茵报》与《德法年鉴》。直到1843年，他们才正式结为夫妻。此时，他们的爱情已经历了七年长跑，在这七年中，他们只有寥寥数次相聚，其余的时间只能依靠书信寄托情思。婚后，燕妮一直承受着沉重的经济压力，贫困和动荡使马克思与燕妮的七个孩子只活下来三个，其他四个都因疾病而夭折。直到1867年马克思出版了第一本《资本论》后，家庭状况才有所改善。马克思在创作《资本论》期间，身体每况愈下，疼痛难忍，有时只能卧床向燕妮口述。在这种境况下，燕妮还是深深地爱着马克思。因马克思的手稿字迹难以辨认，因此书稿在送到印刷厂或出版社之前，总得由她誊写清楚。她曾写道："我回忆起在他的一点研究工作中，为他誊写潦草文章的日子，是我生命中最幸福的时光。"

晚年，燕妮患上肝病，卧床不起。马克思寸步不离地照料她、想方设法让她快乐。1881年，马克思身体透支过度，也病倒了，患了肺炎，但他仍然无时无刻不牵挂着燕妮。他们的女儿在谈到他们暮年生活时曾说："我永远也忘不了那天早晨的情景。他觉得自己好多了，已经走得动，能到母亲房间里去了。他们在一起又都成了年轻人，好似一对正在开始共同生活的热恋着的青年男女，而不像一个病魔缠身的老翁和一个弥留的老妇，不像是即将永别的人。"

　　1881年,燕妮永远告别了共同生活了三十八年的丈夫。一向最反对表达伤感之情的马克思悲痛欲绝,于两年后去世。

想要从头至脚地吻你

马克思致燕妮

> 因为爱你，我才再次感受到了自我。

我的心上人：

  我再次给你写信，是因为我如此孤独难过，因为我总是在心里与你娓娓而谈，可你却对此不得而知，听不见，也无以回答……我是这般爱你，想要从头至脚地吻你，跪倒在你的跟前，由衷地对你说："我爱你。"

  ……

  小别胜新婚，短暂的分别可以避免因长期接触而变得单调乏味。物极必反，过度的生活来往，琐事便会膨胀。热情源于日常生活中对象的亲密吸引。只要让它的直接对象消失在视野里，它也就不复存在。深挚的热情由于对象的亲近会使之成为习惯，而在别离的魔力下成长壮大，并重新积蓄它本有的力量。我对你的爱就是这样。

当我们被空间所阻隔时，我们的爱反而受思念的滋养而不断生长。只要你不在我的身边，我对你的爱情就会显出它的本来面目，彷佛巨人一般，占据了我的全部的心灵和感情。正是因为爱你，我才再次感受到了自我，感受到了前所未有的激情。

……

我的甜心，你或许会微微一笑，好奇为何我突然说那么多甜言蜜语，可如果我的心能够紧贴着你那甜美圣洁的心，我就会默默无言。我无法亲吻你的香唇，只好以文字传递我的感情。毋庸置疑，世间美丽的女子不计其数，然而，却再难找到一副你这样的容颜，它的每一处细纹都能唤起我生命中最强烈最美好的回忆……

再见，亲爱的，千万次地吻你及孩子们。

            你的卡尔
            1856 年 6 月 21 日
            于曼彻斯特

马克思

这样迟才给你写信，
可绝不是健忘

马克思致燕妮

> 对一个男人来说，当他的妻子在全城人的心目中，作为'倾城公主'这样活着的时候，真有说不出的称心快意。

我亲爱的、热爱的燕妮：

我来这里到今天正好一个星期了。明天我到法兰克福姑母埃丝特那里去（注意：这位女士在特里尔，以前在阿尔及尔，和我姑母住在一起。她是我父亲的妹妹，也是我的姑母，叫巴贝塔，平常叫她"小贝贝"，她很有钱）。再从法兰克福去往博梅尔，这我在昨日已告知姨父，大概会使他大吃一惊。

这样迟才给你写信，可绝不是健忘。恰恰相反。每天我都去瞻仰威斯特华伦家的旧居（在新大街上），它比所有的罗马古迹都更吸引我，因为它让我想起了风华正茂时最快乐的时光，并且藏着我最大的财富。此外，每天我都会被人问及"特里尔最美女子"和"舞会皇后"的事。对一个男人来说,当他的妻子在全城人的心目中,作为"倾城公主"这样活着的时候,真有说不出的称心快意。

……

你的卡尔
1863年12月15日星期三
于特里尔"威尼斯"旅馆

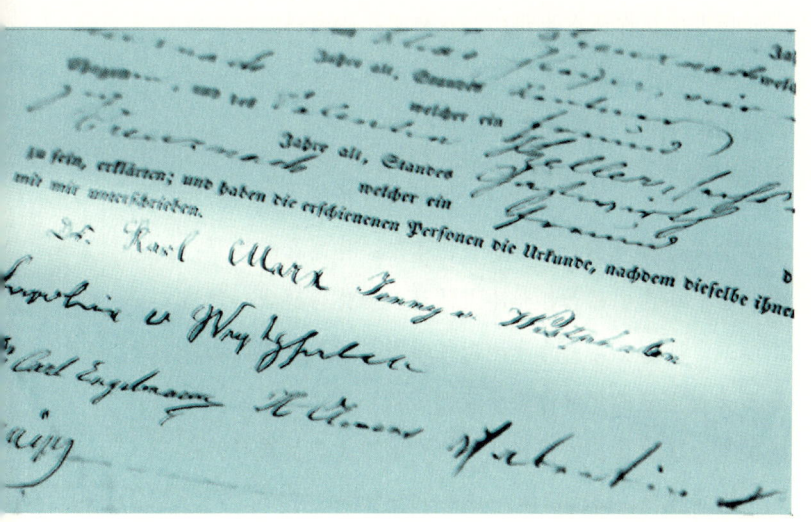

马克思与燕妮的结婚登记签名

能够同你相爱，
是一件很美好的事情

燕妮致马克思

> 我并不认为你在世界上优秀到无人能及，但我却无法在别人身上找到任何值得用一切信念去爱的东西。

我唯一的挚爱：

亲爱的，你还在生我的气，还在担心我吗？上次写信的时候，我非常难过，在这样的时刻，我看到的一切还是比实际情况要黑暗可怕得多。

请原谅我让你担惊受怕，但是，我被你对我的爱和忠诚的怀疑击碎了心。告诉我，卡尔，你怎么能这样？你怎么能在信中写下如此冷漠的话？！你怀疑我对爱情的虔诚，理由竟是因为我比以往沉默。可是究其原因，是因为我在慢慢化解你带给我的苦闷。我之所以保持沉默，是为了避免让你困扰，同时又能避免我的激动，这是出自对你我感情的珍视。

唉，卡尔，你是多么不够了解我；你是多么不清楚我的处境；你是多么不理解我的难处；你更是多么不能够体会到我的心在流血！男女有别，在爱情中也是如此，二者的爱情观本就不同。女人无法给男人任何东西，除了她对他的爱及自己这个人，且人在，爱就在。一般而言，女人应当在爱情中感到满足，同时忘却其他所有。

然而，卡尔，恳请你想想我的处境。你对我漠然置之，不信任我。我从一开始就知道，而且深深地感受到了，早在你向我如此冷酷却明智合理得解释之前。唉，卡尔，使我感到痛苦的是你那些会使任何其他姑娘感到心花怒放的东西——你那美丽的、感人的、强烈的爱；你所谈及的一言难尽的美事；你天马行空的想象力和鼓舞人心的创造——这一切都只会使我感到焦虑，并常常使我陷入绝望。我对你的爱越是难以割舍，我就越是害怕，如果有一天你对我的热恋停止时，当你对我变得不理不睬时，那么我的命运将变得可怕。

你看，卡尔，由于整日担忧会失去你的爱，我变得心慌意乱，失去了所有的乐趣。我无法全身心地享受你的爱情，因为我不再相信自己有把握让这份爱情持久。在我看来，这是最为可怕的一件事。卡尔，这就是为什么我对你的爱没有像它真正应得的那样，感遇忘身，如痴如醉。这就是为什么我常提醒你留意生活和现实，不

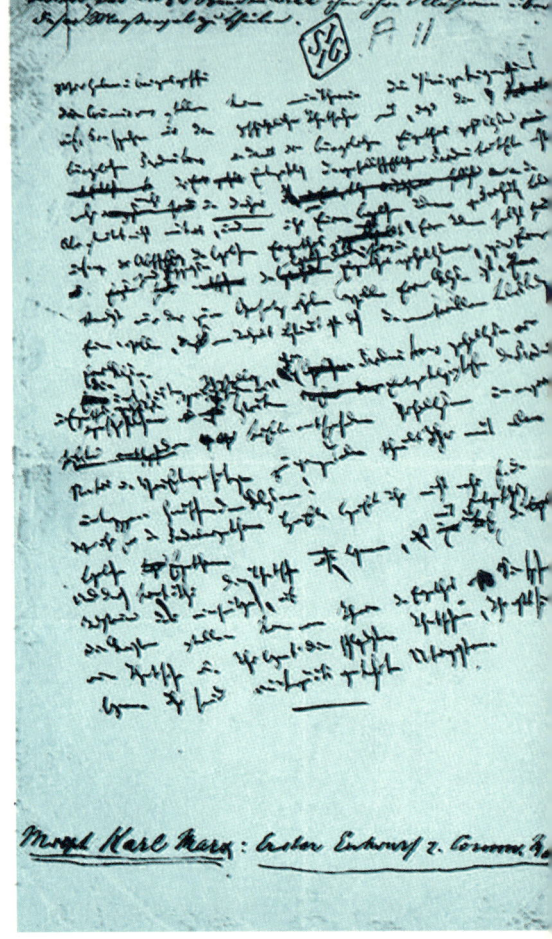

要总是一味沉浸在爱的世界，身心一体的、更亲密的爱情，陷入其中忘记了其他的一切，一心只想着从爱情中寻求慰藉和激情。

卡尔，但凡你能体会到我的愁苦，就会对我温和一些，而不是四处看到可怕的散文和平庸之物；不是到处寻觅情真意切的感情。卡尔，我多么希望能够在你的爱中获得心灵慰藉，哪怕只是片刻的宁静，我都不会像现在这般头疼欲裂、心如刀割。可是，我的天使，你对我不屑一顾，也没有足够的信任可言，所以我也无法永远珍视你对我的爱情，即便我甘愿为了你赴汤蹈火，奋不顾身。想到这里，我的心在撕裂，我

《共产党宣言》手稿的一页，前两行为燕妮手迹

感到万分痛苦。一旦你理解我的用心良苦，当我渴望得到你爱之外的安慰时，你或许就会多考虑考虑我。我相信你的判断总是无误，但是恳请你站在我的立场为我考虑一下，意识到我的多愁善感，如果你能真正地为我着想，也就不会再对我那么苛刻了。如果你能做一回女人就好了，像我这般性格的女人，这样你就可以真正体会我的感受。

亲爱的，自从看了你的上一封来信，我就受尽煎熬。我担心你会因为我，陷入争吵，去与人决斗。没日没夜，我看到你负伤流血，一病不起。但我告诉你全部的真实想法是，我对此有些庆幸，庆幸你若是失去了你的右手，我会因此处于一种狂喜的状态。你想啊，亲爱的，这样的话，我便可以因此成为你不可取代的一部分。你就会一直把我留在你身边，并且一心一意地爱着我。到那时，我就可以与你永不分离，为你天马行空的想法做记录，这样你就会更加离不开我。这一切我都想象得那么自然生动，以至于在我的思绪中，我不断地听到你的声音，那字字句句如春雨浇荡在我的心田。我会小心翼翼地将你的一字一句保存下来，供他人参考使用。我就是这样，幻想沉浸在自己的幸福中，这时的我完全属于你。如果这一点是可能的，我就已经很知足了。

我唯一的心头肉，请你快些写信给我，告诉我你爱我如初，也会爱我至永远。此外，亲爱的卡尔，我必须再认真地和你谈一次。告诉我，你为何会怀疑我对你的真心。我并不认为你在世界上优秀到无人能及，但我却无法在别人身上找到任何值得用一切信念去爱的东西……我对你的爱是如此的难以言表。唉，卡尔，我对你从未有过任何要求，可是你却同样不信任我。

奇怪的是，对于一个近乎不为人知的我，竟然有人会告诉你我常在社交场合与他人，尤其是男人谈笑风生。我经常可以很开朗风趣，也可以与并不熟悉的人交谈得非常愉快，但与你在一起时，却很难做到。你想啊，卡尔，我可以和任何人随心所欲地谈天说地，但是只要你仅仅看了我一眼，我都会紧张而说不出话来，心跳加速，血液仿佛都凝固了，灵魂好像在颤抖。当我这样突然想你的时候，头脑就会被爱情冲昏了，陷入一种沉默的状态，哑口无言，如同丧失了语言功能。唉，我不知道为何会有如此强烈的感觉，但我一想到你，就会有这样一种奇怪的感觉。并且我不是在特殊的情况下才会想起你，我感觉自己是在用生命的全部想念着你。我时常想起你对我说的话，仅仅是这样，都能让我产生奇妙的感觉，更不要说当你把我拥入怀里，亲吻着我的时候了。那个时候，我激动极了，你那柔情似水的眼眸让我都忘记了呼吸。哎呀，亲爱的，如果你也可以感同身受，那就太好了。

我还经常幻想着有朝一日，我能同你一起生活，你唤我妻子，那该多好呀。当然，亲爱的，到时候我愿意将我所思所想一五一十地告诉你，而不会像现在这样感到羞涩了。

亲爱的卡尔，能够同你相爱，成为你的爱人，对我而言是一件很美好的事情。如果你能理解我的心，你就能够毫不动摇地相信我绝不会见异思迁。你对我说过的许多甜言蜜语，这些话是只有当一个人完全陷入爱河，认为自己与心爱的人如胶似漆时才会说的。

……

亲爱的卡尔，你那个傻傻的小可爱又在妙想天开了。我期待着你对我的想法能够有所转变。

燕妮

马克思

我的信鼓舞了你，
我很幸福

燕妮致马克思

> 你要永远记住：你家里有一个爱人，她对你充满期望，她对你思念不断，她与你命运相连。

我的小野猪：

我是多么开心呀，因为你快乐，因为我的信鼓舞了你，因为你在想念我，因为你住在贴着壁纸的房间里，因为你在科隆喝了香槟酒，因为那里有黑格尔派俱乐部，因为你一直在梦想的路上——总之，因为你是我的，我的爱人，我的小野猪。只是有一点我还感到不足：你本可以对我的希腊文略加赞美，给我写篇小文章来表扬我的博学。可是这正像你们这些黑格尔派的绅士们一样，凡是不完全符合你们观点的，哪怕它是最卓越的，你们都不予承认。因此，我只好谦虚地接受荣誉桂冠。是啊，亲爱的，我还得休息，哎，我躺在羽绒垫子和枕头上，甚至这封短信也是在床上写出来的。

星期天我大胆地到前厅去游览——但事实证明这对我很不利,现在我又要为此忏悔了。……唉,亲爱的,亲爱的!现在你也把自己卷入政治了,这确实是最危险的事情了。亲爱的小卡尔,你要永远记住:你家里有一个爱人,她对你充满期望,她想你思念不断,她与你命运相连。亲爱的,我的心上人,我多么想见你啊!

……

说真的,亲爱的,我应该在这里向你说Vale faveque①,因为你只向我要了几行字,而这一页几乎已经写满了。不过,今天我不想这么严格遵守规矩,我打算将你要求的行数拉长成这么多页。我的心头肉,你不会因此而生你的小燕妮的气,对吗?至于内容本身,你应该牢牢记住,少说多做。今天,我的思绪空空如也,脑子里嗡嗡作响,好像那里头除了轮子、拍子和磨子之外,几乎什么也没有。思想全都飞走了。但另一方面,我的小心肝是那么的充实,充满着对你热切的渴望与无限的爱。

……

我要不是可怜地被困在床上的话,我便行将上路了。一切都准备好了。衣服、领子、帽子都很好看,只有穿的人不合适。唉,我最亲爱的人,多少个不眠之夜,我

①拉丁文,意为"保重,再见了"。

马克思

想念着你和你的爱,我是多么经常地为你祈祷,为你祝福,祈求福祉降临你头上,然后我多么经常地在梦里回忆往昔,憧憬未来,这一切多么甜蜜幸福。

……

亲爱的卡尔,我本想对你说更多的话,所有还没说完的话——但是妈妈不让——否则她要把我的笔抢走,我甚至无法表达我最热切、最亲爱的问候。只是在每个手指上亲吻一下,然后向远方飞去。飞吻呀,你飞吧,飞吧,飞到我的卡尔那里去,热烈地贴在他的嘴唇上,就像我此刻把你给他送出时这样热烈,这样诚挚,然后不再做哑巴的爱情使者,对他悄悄说着那些柔情蜜意的话语,轻轻地告诉他。请你把一切都向他倾诉——哦,不,给你的女主人留下一点吧。

保重身体,亲爱的,我的唯一的爱人儿!

我不能再写了,否则我要头晕了……再见,从铁路上来的亲爱的人儿,再见,亲爱的人儿。——我可以嫁给你了,对吗?

再见了,再见了,我的爱人。

卡夫卡

西方现代主义文学先驱弗兰兹·卡夫卡（Franz Kafka）1883年生于布拉格的一个犹太商人家庭。少年时期，卡夫卡的梦想便是成为一名文学家，却迫于父亲的压力学了法律，在保险公司工作。卡夫卡的父亲性格粗暴，母亲在他的影响下也变得阴郁寡欢。他们不理解卡夫卡的创作，甚至对他的作品冷嘲热讽。因此卡夫卡与父母的关系是扭曲的，权威式家长的影响力在卡夫卡的性格中被映射得淋漓尽致。他个性中充满了矛盾，内心羞怯，却又有着某种不知畏惧的勇敢；他渴望爱情的救赎，曾三次订婚，却又三次主动解除婚约，无法长久地维系一段感情并建立幸福的家庭，一生未曾结

婚；他对女人有一种天生的排斥感，但同时他又渴望接近女人，并在她们身上找到创作灵感；他有着一颗缺乏爱的滋润、躁动却又阴沉抑郁的心；他的心田就像是阳光永远照不到的地方，即便偶有光明进驻也是一瞬而过，更多的时候是被阴暗笼罩……

1912年，二十九岁的卡夫卡遇到了菲利斯·鲍尔，并开始写信追求她。两人一个在布拉格，一个在柏林，中间隔着八小时火车的距离。大部分时间里，他们依靠书信表达对彼此的思念，并很快成为恋人。通信几个月之后，他们出现了分歧。菲利斯渴望稳定的家庭生

1. 卡夫卡
2. 卡夫卡与菲利斯

活,卡夫卡热衷爱情,却不认同婚姻。于是他恳求菲利斯为这段感情画上句号。但就在菲利斯考虑期间,卡夫卡却突然向她求婚,她选择继续与他在一起。

正当卡夫卡与菲莉斯即将踏入婚姻时,他陷入了困顿和恐惧之中。思来想去,他决定退婚。他在1913年的日记中曾写道:"我感到自己对于婚姻的无能,恐惧结合,恐惧失落于对方。"即便如此,菲利斯还是为他的文学创作带来了无尽的灵感。在他最重要的作品《判决》《变形记》《司炉》《审判》中,很多女性角色都带着菲利斯的影子。与菲利斯分开后,卡夫卡曾短暂地与菲利斯的闺中密友格雷特在一起过,不久便以分手告终。

一年过去,在卡夫卡三十七岁这年,一个真正走进卡夫卡内心世界的女人——密伦娜出现了。密伦娜比卡夫卡小十三岁,她热情奔放,性格与卡夫卡完全相反。十八岁时,她为了追求炽热的爱情,

密伦娜

与恋人私奔结婚，而婚后丈夫并没有忠诚地守护他们的婚姻。正当密伦娜的婚姻生活被丈夫的朝三暮四一点点瓦解时，她在一个文学沙龙上遇到了卡夫卡。他们从友情迅速发展为爱情，并开始书信往来。与菲利斯一样，密伦娜渴望婚姻生活，她不能接受卡夫卡空有精神与灵魂的交流却没有实质生活内容的爱情。戴着长久以来无法摆脱的心灵枷锁，卡夫卡一面狂热地爱着密伦娜，一面又非常害怕和她在一起，最终两人还是分开了。

在卡夫卡生命的最后一年里，他遇见了朵拉，并迅速与她确定恋爱关系。这一次，当他真正想要安顿下来，命运之神却没有眷顾他。彼时的他已经行将就木，1924 年，卡夫卡在朵拉的怀中离开了人世，时年四十一岁。

我写下某些段落的同时，
所想的还是您

卡夫卡致菲利斯

> " 我感觉自己的胸口多了一个洞，风咆哮着从中穿梭。"

亲爱的菲利斯小姐：

恳求您不要对这样的称呼方式感到不快，至少这次不要。您曾经说想要了解我的生活，提到我的生活方式，我可能很难对"鲍尔小姐"说出心里的话。所以，这个新的称呼比较合适，并且当我决定这样称呼您的时候，我感到心满意足。

我的生活基本上就是由写作构成的，不过大多不太成功。但如果让我放弃写作，就相当于放弃生命，被扫地以尽。我的精力一直少得可怜，尽管我并没有完全意识到这一点。不过很快我明白了，为了写作，我必须多多养精蓄锐。

如果我违背了这一点，那么迎接我的则是无休止的折磨。（哦，上帝，即便在节假日，我值班的时候，办公室也不得安宁，就像敞开大门的小地狱，访客一个接着一个。）然而这个使我暂时不快乐的事实，恰恰是我长期充满信心的原因。我开始想，在某个无论多么难以找到的地方，一定有一颗幸运星，在这颗幸运星下可以继续生活下去。

我曾详细地列举了我为写作所付出的东西，以及为了写作我被夺走的东西。如此看来，为写作所付出的全部，皆是我心甘情愿的。我的身体很瘦，我是我所认识的人当中最瘦的一个。就是这副身子骨，全部奉献给写作了，没有丝毫保留。如果有更强的力量想利用我，或者说已经利用了我，哪怕我不过是被作为工具，我也会听从它的摆布。如果我连被利用的价值都没有，那样的话，我就会被抛弃在无尽可怕的空虚中。

而今，我已经把我的生活扩大到还有对您的思念，正是这份思念让我在写作之外有了新的寄托。在我清醒的时间里，几乎无时无刻不在想您、念您、盼您。还有许多时候，我什么也不做，因为脑子里点点滴滴全是您。而在此时，唯有写作的热情能够将我拉回现实，不知从何时起，我感觉自己的胸口多了一个洞，风咆哮着从中穿梭。直到有一天晚上躺在床上时，我想起《圣经》中的一个故事，从而印证了自己的这种感觉。

最近，我惊奇地发现，您现在与我的写作有了多么密切的联系。我曾以为我若埋头写作，便不会想您，然而恰恰相反，我写下某些段落的同时，所想的还是您。

……

我的生命模式基本上是为写作而设计的，如果说有什么改变，那可能也只是为了更好地适应我的写作。因为时光荏苒，精力有限，工作可怕，公寓嘈杂，如果生活这条路不是美好且笔直的，那就只能迂回着前进。当我成功地按照事先安排好的时间完成任务时会获得满足感，要知道，这可比只是说说却不写下来清楚多了，否则无序的安排会使人疲惫不堪。在过去的六周里，由于身体虚弱，我的时间安排会时而被打乱，整体上是如下这样安排的：早上八点到下午两点，至多到两点半在办公室，下午三点到三点半吃饭，然后上床睡觉（但大多数的时候我只是闭目养神，整整一个星期，每当我闭上眼睛，蒙特内格人的服饰的细节就会一直在我脑子里挥之不去，让我头痛不已）。到七点半起床，赤身在开着的窗前做十分钟的运动，然后和马克斯或者别的朋友出去散步，有时候也自己一个人去。结束后我就回家和家人共进晚餐（我有三个妹妹，一个已经结婚，一个已经订婚,这两个妹妹我是喜欢的,当然单身的那个,我最喜欢)。到了十点半(但往往不会到十一点半),我才坐下来写作,写到一点、两点或者三点,有时候会写到六点,看写作的状态和运气吧。然后就再次做上面提及的运动,运动后为了避免运动过量,缓解疲劳,我会洗个澡,然后在心脏有些轻微不舒服、腹肌一抽一抽疼痛时上床睡觉。睡觉时我尽可能地暗示自己睡觉——也就是对睡眠不好的人来说要去努力的事情。睡不着的时候,我会想工作的事情,也会思考如何处理那些无法解决的问题,比如,第二天是否会收到您的来信,以及具体在什么时间收到。因此,我的夜晚由两部分组成:一部分是清醒的,另一部分是无眠的。如果您愿意听的话,这事儿我应该永远也说不完。所以,如果在翌日早晨的办公室,我用仅剩的一点力气勉强开始工作,也就不足为奇了。在我经常走去打字机那里的走廊上,过去常常放着一辆棺材似的小推车,用来搬运文件,每次经过它时,我都觉得它好像是为我量身定做的,正在等着我躺上去。不过,我不能忘记自己是个公司职员,还是一名制造商。因为我妹夫拥有一家石棉厂,而我是股东(虽然是我父亲投的钱)。这个工厂已经给我带来了足够的痛苦和烦恼,但我现在不想谈这些。并且我已经把它搁置了一段时间。

今天我又只写了这么一点内容,也没有给您留任何问题，就不得不停笔了。如果您问我问题，我可以知无不尽。世间存在着某种魔法，通过这种魔法，两个人在不见面、不交谈的情况下，亦可心有灵犀一点通，在一瞬间了解到对方的大部分过往，而不必把一切都向对方细数开来；但这毕竟几乎是一种黑魔法的工具（但又似乎不是）。从来没有不劳而获，凭借这样的魔法获得回报，必会有所付出。因此我不与您一一细说，除非您先猜到。它和所有的魔法咒语一样，短得可怕。

珍重再见，让我亲吻您的手，加深我对您的祝愿问候。

您的弗兰兹·K
1912 年 11 月 1 日

我幻想着与你并肩走向米尔贝克

卡夫卡致菲利斯

> 66 我真的是激动得无以言表！这些信就像我的亲闺女一样，她们终于有了母亲。99

最亲爱的：

今天是多么美好的一天啊！早晨我从床上爬起来后，去办公室顺道查了一下信，没有白去，21号和22号的信都到了，我真的是激动得无以言表！这些信就像我的亲闺女一样，她们终于有了母亲；或者就像你是我的孩子，在茫茫人海中，与母亲久别重逢；又像是我坐在某个安静的地方，在我的土地上久旱逢甘霖。而这一切的神奇之处在于，我其实并不配拥有这样的感觉，但又由于冥冥之中早已注定，我虽不配，却无法抗拒命运的安排。

明天我会写一封长信寄给你，或者把我想好的大纲寄给你。作为介绍，我认为把《施勒米尔》作为开始是很好的，明天我将给你寄去十本摘自《世界文学》的《施勒米尔》（包括插图）。

我幻想着与你并肩走向米尔贝克。

弗兰兹
1916 年 9 月 24 日
于布拉格

卡夫卡自绘素描

我永远是同自己束缚在一起的

卡夫卡致菲利斯

> " 有时候我觉得我像魔鬼似的在掠夺你那吉利的名字。"

菲利斯小姐!

现在我想向你提出一个看起来真的很疯狂的要求。如果我是收到这封信的人,我会认为它是古怪的。即使是最和善的人,这个要求对他也是一个很大的考验。我的要求是:

请你每周只给我写一封信,而且要让我在周日收到你的信——因为我实在受不了你一天一封信,我真的难以忍受。比方说,当我回复了你的信后,躺在床上,表面上看似风平浪静,实际上我的内心却波涛汹涌,一心只想着你。我属于你——我简直再没有别的方法来表达我的心情了,这句话表达得也不够充分。但这正是我不想知道你的穿着打扮的原因；因为知道它会使我心烦意乱，以至于陷入无法生活的困惑中；这也是我不想知道你对我有好感的原因。如果我知道的话，我这个傻瓜怎么可能现在还坐在办公室或家里，而不是闭上眼睛把自己扔到火车上，直到火车到站后与你在一起时再睁开眼睛？唉，我之所以不这样做是有其令人非常非常糟心的原因啊！简单地说：我的健康情况只适于独处，不适于结婚，更不用说做父亲了。但是读了你的来信后，我觉得，甚至绝对不能不在乎的事情，我都可以不在乎。

要是我现在就能得到你的答复该有多好！我这封信大概是在你桌子上放过的信件中最令人讨厌的一封信，而我却迫使你在你的安静的房间内读它，我给了你多大的折磨啊！老实说，有时候我觉得我像魔鬼似的在夺走你那吉利的名字！真希望我星期六写的那封信能寄给你。在那封信中，我恳求你永远不要再给我写信，并且我也做了同样的许诺。亲爱的上帝啊，是什么让我没有把那封信寄出去？！如果寄出了，本来一切都会好的，但是现在是否还有可能找到和平解决的办法呢？如果我们每周只给对方写一封信会不会有些许帮助？不，如果我的痛苦能用这样的方法治好，那么它就不会那么严重了。我预见到我连周日的信件也无法忍受了。因此，为了弥补星期六失去的机会，我用我已经有些衰竭的笔力，在这封信的结尾向你提出请求：如果我们还珍爱生命，那就让我们放手一切，干脆一封信也不要再写了！

我继续用dein①来在信件的末尾来落款吗？

不，因为再没有比这样做更虚伪的了。不要，因为我永远是同自己束缚在一起的，这就是我的情况，这就是我必须去忍受的。

弗兰兹

---

①德文，意为"你的"，对关系较为亲近的人使用。

我多想把米兰赐给您

卡夫卡致密伦娜

> ❝ 在布拉格快冻成冰窖的天气里,花朵却在我阳台前缓缓地绽放。❞

亲爱的密伦娜夫人:

　　一连下了两天一夜的雨刚才停了,当然可能只是暂时停了下来,不过这是一件值得欢庆的事,我便以给您写信的方式来庆祝。话说,这雨本身也是可以忍受的,毕竟,使人感觉有一种异域风味,纵然只有那么点儿,却也叫人心里舒坦。倘若我没记错的话,显然那份回忆,也就是多半时间沉默不语的短暂小聚,是叫人永不疲倦的。您也曾把维也纳当作一个异国城市来享受,尽管后来的情况可能会减少这种乐趣,但您是否也为自己而享受异国?(顺便说一句,这可能是一个不好的信号,一个这种享受不应该存在的信号。)

卡夫卡致密伦娜书信手迹

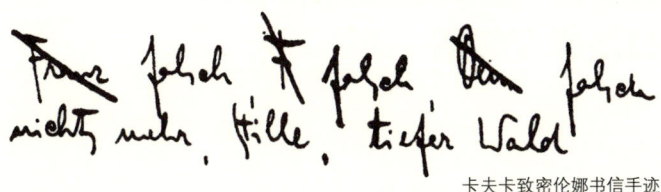

我在这儿过得挺好，凡人的肉身几乎不能领受大自然更多的赐予了，我的阳台掩没在花园之中，周围、头顶长满了鲜花盛开的灌木丛（这儿的植物很怪，在布拉格快冻成冰窖的天气里，花朵却在我阳台前缓缓地绽放）。阳光四溢在这个花园里（或者像一周以来那样，云彩密布）。壁虎和鸟儿，成双结对地来拜访我。我多想把米兰赐给您啊！这儿的景色给人的感觉就和您在一封信中提到的"呼吸困难"十分接近，但如若您到这儿来，您会得到缓解和放松。

向您表示最衷心的问候！

您的 F. 卡夫卡
1920 年 4 月
于梅兰－翁特尔麦斯，奥托堡公寓

我们是那么怯懦

卡夫卡致密伦娜

> 作为一个睡眠较浅的人,脑海里萦绕的点点滴滴全是您。

密伦娜,要知道,度过一个几乎不眠之夜后,清晨我卧在躺椅上,赤身裸体,一半在阳光下,一半在阴凉处。我怎么能睡得着呢?作为一个睡眠较浅的人,脑海里萦绕的点点滴滴全是您。我真想像您今天信中所写的那样,会被"落到我怀里的东西"吓一跳,就像预言者们受惊时一样。这些预言者是弱小的孩子(不论曾经是或者现在仍然是),听见有个声音呼唤他们,就会吓一跳,不敢相信自己的耳朵。他们把脚落在地板上,恐惧得脑子都快撕裂了。在这之前他们也听到过呼唤声,却不知道那可怕的声音为何如令人恐惧的魔戒一般——是他们耳朵神经太脆弱呢,还是呼唤声太强?——一切无从得知,毕竟,他们还只是孩子。因此这声音大获全胜,孩子们的恐惧只是它的侦察员,提前被派去寻找住处并接纳他们。但这并不意味着他们一定会成为预言家，因为诸多人听到了这个声音，但客观上，他们是否配得上这个声音还有待商榷。为保险起见，直截了当的办法就是说它们不是——当您的两封信到来时，我就这么躺着。

　　密伦娜，我认为我们俩的性格十分相近：我们如此怯懦和焦虑，以至于几乎每封信都是不一样的，几乎每个人都被前一封吓到，甚至被回信吓哭。很容易看出，您天生不是这样的人；而我呢，也许我也不是这样的人，但这几乎化成了我们的天性。这种怯懦只在我绝望的时候，或者顶多是发怒的时候，噢，不用说，还有，在恐惧中才会消逝。

　　有时候我感觉我们有一个房间，这房间有两个互相对着的门，我们每人攥着一扇门的把手，只要一个人的睫毛动一下，另一个就跳到这个人的门后了；如果第一个人先说话了，第二个人就把身后的门关上，然后再也看不见了。不过，他肯定会重新开门，因为这可能是一个不可能离开的房间。如果第一个人和第二个人不完全一样，那么他就会冷静地假装对第二个人一点也不关心，然后慢慢地像往常一样整理这个房间；反之，如果两人性格太过相近，那么这第一个人就会在门旁重复着同样的操作，有时甚至两个人同时站到他们的门后，美丽的房间便空空如也了。

后果是令人痛苦的误解。密伦娜，您在一些信件中抱怨道，把它们朝各个方向都抖落一遍也没有任何东西掉出来。但是如果我没弄错的话，这些信是我最贴近您的寄托，我沸腾的热血是如此顺从，顺从于您。"如此深邃的森林，如此惬意的歇息"，什么都不需要说，除了"您的眼睛可以透过层层树丛看到万里天空"，这就足够了。一小时后，这些话又重复了一遍，并且"没有一个字是未斟酌推敲过的"。但只持续了片刻，不眠之夜的号角很快就会再次响起。

您想想看，密伦娜，我是怎么与您相遇相识的，我是怎么已经走过了三十八年的人生旅程的啊（因为我是犹太人，这旅程实际上更要漫长得多）。假使我是无意在道路的拐弯处遇见您，那么，密伦娜，我不会吼叫出来，在我心里也不会歇斯底里地狂喊乱叫。但我从未奢求会遇见您，到了现在这般年纪更不会有这指望。我亦不会胡言乱语，胡说八道不是我的作风（当然在其他时候我干过的傻事够多的了）。我意识到我跪着，是因为您的双脚就在我的眼前，而我正在爱抚它们。

不要向我要求诚挚，密伦娜，除我自己以外，没有任何人可以向我提出这个要求了。即便如此，我确信很多东西正在离我而去，或许甚至是所有的东西。但是在这次狩猎中为我加油鼓劲并不能让我振作起来；恰恰相反，它使我麻痹。并且一切突然变成了谎言，被追逐的猎物变成了猎人。我就是走在一条如此危险的道路上，密伦娜。您伫立在树旁，年轻而美丽，您的眼睛用光芒征服了世上的忧伤。玩游戏时，我从一处树阴下潜行到另一棵树下。您让我小心危险，想鼓励我，您害怕我摇摇欲坠的脚步，您提醒我这就是个游戏——但我欲罢不能，我已经倒下躺着了。我无法同时倾听内心可怕的声音和您的声音，但我可以倾听那些声音在说什么，并向您吐露：您是我在这个世界上最信任的人。

F.
1920 年 6 月 3 日星期四
于梅兰

我的不安有增无已

卡夫卡致密伦娜

> 愿在这封信中呼啸着闯进来的你，再从窗口飞出去，我的房间里终究是留不住暴风雨的。

今天找到一些或许可以用来解释某些事情的东西，密伦娜（真是个丰富而又有分量的名字，它是如此充实得无法被举起。起初我并不是很喜欢，在我看来，似乎是希腊人或罗马人的名字，流落到了波希米亚，被捷克人玷污了。在发音上，重音走偏，然而在色彩上和形象上却是个美妙的女郎出世了，被人们从火里捧了出来。我不知道，而她则心甘情愿地、信赖地紧紧依偎在你怀里，只是那落到了"i"上的重音是令人不快的，这名字不可以从你的怀里跳下来离开吗？或者说也许它是幸运的一跃，因为你自己甩掉了这个负担）：

你写的信有两种。我不是指用钢笔和铅笔写的两种，尽管用铅笔写的信本身就在暗示着什么，让人有所揣测。

但这种区别不是决定性的。例如上一封夹有住宅图纸的信，就是用铅笔写的，却让我很高兴。（请多理解，密伦娜，我的年龄，我的暮气，特别是我的恐惧；你也清楚，你的青春、你的朝气、你的勇气；我的不安有增无已，因为它意味着在世俗面前的退缩，而世俗的压力却因此而增多；你的勇气意味着一种推进，因此压力

卡夫卡致密伦娜书信手迹

也随之减轻，此起彼落，勇气增长）我能坐在这样的书信面前，感到无穷无尽的幸福,这是火烧眉毛时的及时雨。不过如若另一种这样的信件到来，密伦娜，纵然它们在实质上比第一种带来更多幸福（但由于我的软弱，我总要在几天后才能透视到这种幸福）。这是些以感叹词开头的信（到现在为止），结尾总是给我以一种莫名的惊恐，那么，密伦娜，我真的开始像在警钟下那样不寒而栗了。我不能读啊，当然我还是读了，就像一头渴得半死的牲畜在饮水，害怕阵阵加剧。我找了一件能让我钻进去的家具，我毫无知觉地躲在角落里颤抖祈祷，愿在这封信

中呼啸着闯进来的你，再从窗口飞出去，我的房间里终究是留不住暴风雨的。你在这样的信中一定长着像美杜莎那样非凡的脑袋，所以恐怖的蛇在你的头上抽动，而盘在我头上的一定是更加凶野的可怕之蛇。

又一次听闻你病了，密伦娜，你必须得上床躺着。也许你就得这么做。或许我写这封信的时候你正躺着呢。一个月前，我不是更好的人吗？我曾经知道你病了，就很担忧你（只在脑海里），但现在我不知道。如今我所思所想的只是我的"病"和我的"健康"，而这两者，都是你。

F.
1920年6月13日星期日
于梅兰

我爱整个世界，
也包括你的左肩

卡夫卡致密伦娜

> 我对你的爱会如同大海一般淹没过你，就像大海爱它海底的一粒小鹅卵石。

要是我今晨未在信中多说一些，那我就是个骗子了，更何况是对你说。我对你可以比对其他任何人都更能畅所欲言。因为没有人像你这样心照不宣，心甘情愿地站在我身边，不管发生了什么，不管发生了什么（请把这伟大的"不管发生什么"与伟大的"尽管如此"区分开来）。

你信中俊俏的每一个字（这是说多余的话，因为它们就整体而言，或者每一行的字，它们都是曾经发生在我身上的最美好的事情）是你合乎情理接受我的"恐惧"，同时试图解释为什么这样的恐惧是没有必要的字。也许因为在内心深处，我也认为我的"恐惧"是合理的，即使有时我像一个被它贿赂了的辩护律师：它真的是我的一部分，也许是最好的一部分。因为这是最好的部分，它可能也是你唯一喜欢的部分。我还有什么能这么可爱、又值得爱的东西呢？

也许有朝一日你会问我，我既然心怀畏惧，又怎会单用一个"好"字来形容那个星期六呢？这并不难解释。因为我爱你啊（你知道的，我确实爱你，你这个傻瓜。我对你的爱会如同大海一般淹没过你，就像大海爱它海底的一粒小鹅卵石——愿我和你一起成为一粒鹅卵石，如若上天允许的话）我爱这整个世界，也包括你的左肩——不，首先是你的右肩，所以当我想吻它的时候便会吻它（如果你解风情地拉下你的衬衫一点），之后便吻你的左肩。更有在树林里你贴在我上身的脸蛋，你埋在我身底下的脸蛋，还有我贴在你几乎裸露的胸脯上的脸。这也是为什么你说我们已经融为一体是对的。我对此丝毫无所畏惧，这正是我唯一的幸福和骄傲。我根本不将这局限在树林的范围内。

但在这个白天的世界和你曾经轻蔑地写到的"在床上半小时"之间，似乎这是男人的事情，有一个我无法跨越的深渊，可能是因为我不想跨越。在那里，有一场绝对的、全方位的夜间活动；另一方面，这里是我所拥有的世界，而现在我应该越过黑夜去重新拥有它。但是任何东西都可以被收回吗？这不是意味着失去它吗？这就是我所拥有的世界，我应该到对面去，去玩一个可怕的魔术，一种变幻的魔术，一块炼金石，一种炼金术，一个魔戒。没什么大不了的。这使我非常害怕。

在晚上求助于黑魔法——匆忙地喘息着，无主地被恶魔附身着——为了捕捉每天自由地睁开眼睛的东西！（"也许"没有其他的方式来生孩子，"也许"孩子也是一种黑魔法。我们现在先跳过这个问题。）这就是为什么我如此感激（你和一切）。所以当我在你身边时，我 "自然" 是极度平静，也极度不安，极度束缚也极度自由。这也是为什么在认识到这一点后，我放弃了其他的一切生活。请你看着我的眼睛吧！

这些书已经从床头柜移到了书桌上。毫无疑问，应该先征求我的意见，看我是否同意移动。我一定会说：不！

感谢我吧。我很高兴地克服了在最后几行添加一些疯狂的的话（一些疯狂嫉妒的话）。

但是现在够了，跟我说说艾米丽吧。

1920 年 8 月，星期六 星期一下午
（看来我只想着星期六）
于布拉格

我从你的眼里寻觅我的命运

卡夫卡致密伦娜

> 我想起了我是谁,在你的眼睛里,我没有看到任何欺骗。

亲爱的密伦娜夫人:

密伦娜,我再一次把你的头发拨向两边——我是一头凶恶的野兽吗?对自己和你都凶狠?还是说,后面有恶魔在追赶我,驱使我前进?但是我不敢说它是凶恶的,只有在给你写信的时候,我觉得是这样,然后我就这么说。

其他的事情便是像我所说的那样了。无论我什么时候给你写信,睡觉都是不可能的,无论是写信之前还是写信之后;倘若没有写信给你,我可以小憩片刻,但随之而来的是疲倦、悲伤、沉重感。如若我写信给你,我又会被恐惧和焦虑折磨着。你我互相恳求,希望彼此暂时不要出现——这是最可怕的悖论。"这怎么可能呢?"

你也许会问，我想要什么，我在做什么。

大致是这样的：我，森林之兽，却很少待在森林里。某日正躺在一条脏兮兮的沟里（当然，是被我弄脏的）。我看见你经过我的世界——你是我见过的生物中最美丽的。我忘记了一切，也完全忘记了自己，我站起来，向你走近——诚然，在这陌生而熟悉的自由中我感到一丝焦虑——我大胆地向你走近，你是如此善良，允许我靠近你。我在你身边慢慢地俯下身去，把脸埋进你的手心里，我是多么高兴，多么骄傲，多么自由，多么有力，多么自在，如同回到了我的森林——不过本质上，我仍然是一头猛兽，只有森林是我的家，我能够待在野外都是因为你的慈悲。我在你的眼睛里寻觅我的命运，而我并不知道我正在这样做，因为我已经忘掉了一切。但这样的温暖持续不了多久，尽管你用最亲切的纤手抚摸着我，你还是清楚地知道，森林才是我最终的归属。接下来是关于这种"恐惧"的必要且必然的再三讨论，它折磨着我每一条裸露的神经（也折磨着你，但你是无辜的），甚至触及了我的痛处。这种感觉在我体内不断滋长。我对你来说是多么不洁的害虫，处处骚扰你，总是妨害你：我与马克斯的误会涉及到这一点；在格明德这也已经很明显了；然后是我和雅尔米拉之间的误解；最后是我和弗拉斯塔之间的愚蠢的、粗暴的行为，以及其间的许多小事件。我想起了我是谁，在你的眼睛里，我没有看到任何欺骗。我做了一个噩梦（感觉回到了一个不属于任何人的家）。但对我来说，这个噩梦是真实的。我不得不回到黑暗中，因为我受不了太阳，锐挫望绝。我像一只迷途的兽那样努力奔跑了起来，但还是无法摆脱这个念头："要是我能把她带走就好了！" 但同时另一个矛盾的想法也冒了出来："可是她住的地方会有黑暗吗？"

你问我是怎么生活的，我就是这样生活的。

你的 F
星期一

纪伯伦

著名作家、诗人、艺术家纪伯伦（Gibran Kahlil Gibran）出生于黎巴嫩北部一个美丽的山村，由于家庭贫穷，童年时便到美国做廉价劳工，青年时期经人资助到法国学画。1904年五月，二十一岁的纪伯伦在波士顿画廊举行首次个人画展，《灵魂皈依上帝》《痛苦的喷泉》等画作吸引了三十一岁的玛丽，两人结下友谊。玛丽对纪伯伦的艺术才华大为赏识，主动提出资助他赴巴黎学艺。从此，两人开始通信。纪伯伦返美定居纽约后，继续与住在波士顿的玛丽书信来往。不久之后，二十八岁的纪伯伦向玛丽求婚，可是玛丽想到自己与纪伯伦的结合并不能给他的事业带来帮助，反而

1. 纪伯伦
2. 玛丽画像

可能束缚纪伯伦的艺术天赋,又担心万一婚姻失败会影响到两人的纯洁友谊,便以自己年长十岁为由予以婉拒。此后,两人的友谊反而得到升华,他们一直交往,直到玛丽结婚。

1911年,纪伯伦迁居纽约,并发表了震惊文坛的中篇小说《折断的翅膀》。一时间,欧美掀起了一场东方文学的热潮,纪伯伦也因之声名鹊起,成为广受欢迎的新锐作家。在这部作品的扉页上,写着"M.E.H"三个英文字母,那是玛丽名字的缩写。然而,这部小说的出版,却将他与另一个女人联系到一起。一天,纪伯伦收到了一封信,信中既对作品的思想和艺术手法表示钦佩,又对其中有关价值观的内容不卑不亢地坦言商榷。就这样,纪伯伦与寄信人梅娅·齐雅黛相识了。

梅娅是黎巴嫩著名女作家,一个极富才气的女子,当时生活在埃及。纪伯伦与她之间有太多共同的语言和情感,鸿雁往来很快在万里之遥的东西方之间织就心中的千千结。这期间,由于第一次世界大战的爆发,二人的通信中断了数年之久,然情丝终究难断。1919年,劫波渡尽,两颗心再次牵系在一起。梅娅比纪伯伦小三岁,她渴望爱情,但纪伯伦对这个世界是悲观的。当看过太多的聚散离乱,他对婚姻的感觉,开始由期待与憧憬,变成了提防与抗拒。一天,纪伯伦收到她的信,里面是从未有过的冰冷与嘲讽,在信中,梅娅近乎任性而直白地说:"我发现我不再那么期待你的信了,因为在你的信里,充斥着大量华美但虚幻的的精巧文辞,但是,我却看不到直接而真正动人的表达……"

与其说这是梅娅对纪伯伦最激烈的批评,毋宁说这是梅娅对纪伯伦最深切的幽怨,她是多么希望他不再用那些委婉而含蓄的文学意向浅斟低唱,而是直白而热烈地表达自己对爱的心声啊。但是,梅娅终于失望了。1926年,五十三岁的玛丽结婚了,梅娅写信给纪伯伦,希望他能与自己在一起,纪伯伦拒绝了。彼时,他们已相恋十五年。

1930年,健康急剧恶化的纪伯伦留下遗嘱,将他最珍爱的画作、书籍、手稿等全部留给了玛丽。次年,在他辞世的前十几天,梅娅收到了他的一封信,信内没有只言片语,只有一张画作:一只温柔的手掌,托着一簇向上升腾的火焰。人们后来为这幅画命名"蓝色的火焰"。

而在纪伯伦的日记里,记载着这样的感慨:惟有上帝、玛丽知道我的心。

纪伯伦辞世的消息传到黎巴嫩,与他相知二十年却从来未曾相见的梅娅悲恸欲绝。她骤然崩溃,在不同国家的精神病院凄然度过余生。1941年,当人们整理梅娅的遗物时,发现了一本书,在书中的某一页,纪伯伦的画像旁,写着:"我所有的不幸,在许多年前,就已然注定……"

奇妙的精神纽带

纪伯伦致梅娅

> 何不驻足凝视那比夜、时间和永恒都更为遥远的地方呢?哪怕只有一次……

亲爱的梅娅小姐:

自与你书信往来至今,你便一直存在于我的脑海之中。长期以来,我都在想念你、与你交谈,问讯你的想法,探寻你的秘密。奇怪的是,我多次在书房感受到你以太[①]般的存在,你正观察着我的举动,与我攀谈对话,并对我的作品和未来之事发表高见。

你一定对我的这番话感到十分诧异,其实我也奇怪为什么自己会鬼使神差地写信给你,是何种的身不由己和迫切的需求使然?倘若我能窥见这其中的奥秘该多好啊。

[①] 古希腊哲学家亚里士多德所设想出来的一种物质,是物理学史上一种假想的物质观念,其内涵随着物理学发展而演变。

你有一次曾对我说："感官知觉也许不能体会头脑间的风暴和思想的交流，但谁又能断然否定一国同胞间就不存在这样的交流呢？"

在这美妙的句段中蕴含着一个基本事实，过去因为理智，我得知这一事实，如今我凭借内心感受对它有所了解。最近，我发觉自己拥有一条精致牢靠又很奇妙的精神纽带，它的本质、特点和影响力均有别于其他任何纽带，比起血液的、胎生的甚至道德纽带都更强有力、更坚固、也更耐久。这条纽带中没有一丝一线是摇篮与坟墓间的日夜所纺成的；也没有一丝一线是由过去的目标、如今的心愿和未来的企望所织成的。也许这条纽带恰好存在于那些过去和现在都不曾相遇，甚至未来也不会相遇的两人之间。

梅娅，在这样的纽带之中，在这样的心绪之间，在这样隐秘的互谅之际，满是奇异的梦，那比人类心中的任何梦都更加瑰奇，那是联翩幻梦里的梦中梦。

梅娅，在这样的互谅之中，还有一支平和深沉的歌。更深人静，当我们侧耳倾听，它便带我们去到比日夜、时间和永恒更遥远的地方。

梅娅，在这样的情感之中，交织着不可磨灭的痛苦，但对我们而言，它却是亲切的，即使我们有能力，也不会用一切已知的、能想象到的欢愉和荣耀与之互换。

我曾尝试将一些我不能、也不想告诉你的事情告知于你，只因在你内心深处有与之相似之处。如果我告知你的是一个你早已了然于心的秘密，那么我便也是受生活眷顾、被置身于白色宝藏前的人；如果我告知你的仅是一件关乎我的私事，那你大可将此信付之一炬。

朋友啊！我祈求你写信给我吧！我恳请你写信给我吧，就以那遨游在人间大地的绝对精神为笔为墨。你我都对人类之事颇有了解，不只是了解他们吸引彼此的爱好，还知道疏远彼此的隔阂。那么，我们何不离开这人声杂沓的世界，哪怕只有一个钟头；何不驻足凝视那比日夜、时间和永恒都更为遥远的地方呢？哪怕只有一次……

梅娅，愿上帝时刻守护你。

挚友

纪伯伦·哈利勒·纪伯伦

假如我是一名记者，那该有多好

纪伯伦致梅娅

> 我一直在心中说着这番话，不知道那些视吾心为故乡的人是否听到了？

梅娅，我的朋友：

……

梅娅，请你告诉我，这个夏天你会做什么呢？你会去亚历山大的沙滩，还是去黎巴嫩呢？你会独自前往我们的黎巴嫩吗？真想知道我什么时候才能回到黎巴嫩啊。你能告诉我，何时我才能逃离这座城，才能挣脱我执意套在脖颈上的金色枷锁呢？

梅娅，还记得吗？有一次你曾对我说，布宜诺斯艾利斯有位记者曾写信给你，向你索要照片和你的某篇文章。关于这位记者的请求，以及其他新闻记者的请求，我思前想后许许多多次，甚至于有一次，我叹息地说："可我不是记者啊，我不是记者！所以，我不能提出其他记者那样的要求。假若我是某杂志社的社长，或是某报的编辑，那么我就可以自由地索要你的照片，不再害羞或是恐惧，也不用靠站不住脚的字眼来做铺垫。"我一直在心中说着这番话，不知道那些视吾心为故乡的人是否听到了？

啊！夜色已过半，可直到此刻，我却还未写下那个栖在我唇边的字，那字时而细语呢喃，时而吱哩哇啦。我会把那字放在沉静之中，它会留存我们充满怜爱、热情与信念的一切话语。梅娅，沉静会将我们的祈祷送去你我心之所向，抑或将其送往上帝。

我要上床睡觉了，今夜我会睡很久很久吧。在梦里，我要把未见于书面的话语告与你知。晚安，梅娅。愿上帝保佑你。

纪伯伦

失去理智的爱

纪伯伦致梅娅

> "你是最靠近我灵魂的人,是离我内心最近的人。"

梅娅(你的来信对我而言是多么的甜蜜美好啊!):

五天前,我去了一趟郊外,花了五天的时间告别我喜爱的秋天,然后两个小时前,我回到了这片山谷,返程时我满身冰雪,只因敞篷车跨越了一段比拿撒勒[①]到贝什里[②]的距离还要远的路程。但是……我一回来就能看到你的信,它就放在信件堆成的小山顶。你知道的,看到我可爱的小女朋友寄来的信,其他信在我眼里就消失不见了。我坐下来,拜读你的来信,温暖不已。然后我换了身衣服,又读一遍,接着我又读第三遍,除了你

[①] 又译"纳匝勒",现今以色列的北部城市,位于历史上的加利利地区,梅娅的出生地。
[②] 黎巴嫩北部小镇,纪伯伦的出生地。

纪伯伦

的来信，我什么都看不进去。梅娅，我是不会在圣水里掺和任何其他饮品的。

这一刻，你和我在一起。梅娅，你与我同在，就是在这个地方。正是在这里，我用远比这些话语多得多的语句与你交流，用比这种语言更为宏大的言语和你的心灵对话。我知道你正在聆听，我清晰地知道我们互相理解，也知道今夜的我们，比过去任何时候都更接近上帝的宝座。

赞美上帝，感谢上帝。我赞美他、感谢他。异乡人已回到故乡，游子也回到父母家中。

此刻，我的脑海里萌生了一个伟大的念头，简直伟大极了！听我说，我的小甜心：如果日后我们起了争执（非吵不可的情况下），我们别像过去那样，争吵之后就分道扬镳，尽管发生分歧，我们也应该继续待在同一片屋檐下，直至我们厌倦了争吵，然后放声大笑；或者争吵也因为厌烦我们，摇着头离开。

你觉得这个想法怎么样？

就让我们跟随自己的意愿、跟随争吵的意志去争吵吧！你是伊赫顿人，而我是贝什里人。在我看来，这个问题就是遗传性的！但是不管在将来的日子里发生什么，我们都应望着对方的脸庞，直至愁容消散。如果为你我保守秘密的人已经到来，他俩便是我们争吵的端由。我们应该委婉但快速地将他们赶出家门。

你是最靠近我灵魂的人、是离我内心最近的人。我们从没有因为灵魂或者心灵而发生争吵，不过是思想的针锋相对罢了，思想可是后天形成的东西。周遭环境、所见事物和岁月的积淀塑造了思想。至于灵魂和心，则是本质的、先天性的，早在我们开始思考之前便已存在。

思想的功能是进行构造，这是一项美好的功能，对我们的社会生活来说，它是必不可少的；但是就内心的精神世界而言，它却没有容身之地。"哈利勒"的思想可以说："倘使我们未来发生争执，也不该分道扬镳。"思想可以说出这番话，尽管它自己就是每次争吵的缘由，但是它不能说任何一句关于爱的话语，它不能用自己的言语标准去衡量灵魂，更不能用它的逻辑准则评定心灵。

我爱我的小甜心儿，尽管我不知道自己为什么用理智爱着她，我也不想靠理智得到答案。只要我爱她，这便够了；只要我用精神与灵魂爱着她，便够了；哪怕沮丧、生疏、寂寞、喜悦、讶异、陶醉……只要我能将头依偎在她的肩膀上，如此足矣；和她一起走向山顶时，我可以时常对她说"你是我的伴侣，你是我的伴侣啊！"这便足矣。

梅娅，大家都说我是个博爱的人，有的人还会因为我爱所有人而批评我。是的，我爱所有人，我爱他们，无关抉择，不做筛选。我像爱一个整体那样热爱他们。我爱他们，因为他们都来自上帝的灵魂，但是每一颗心都有其特定的朝向；每颗心都有自己的主观世界，独处时可以诉之于此；每颗心都有一座禅房，退入其中便可寻求慰藉与安逸；每颗心都有想要联系的另一颗心，为的是享受生活的平安喜乐，抑或为了忘却其中痛楚。

几年来，我觉得自己找到了心之所向，这种感觉就是一件事实：朴素、清晰又美好。所以，当圣多默①满腹狐疑前来质问，我造了他的反；我还会与圣多默针锋相对，随之取胜于他，直至他顺从我们的信仰，使我们置身这幽境之中。

夜色已深，可我们想说的话却还没讲一二。我们还是静静地聊到天亮吧，这样最好不过了！到了清晨，我的甜心宝贝就站在我旁边，繁多的工作也堆在眼前。接着，等白天的工作通通结束后，我们又回到火炉前，谈笑风生。

现在，就请把你的额头靠过来吧，就这样……上帝祝福你，上帝保佑你。

纪伯伦

①《圣经》中记载的耶稣十二门徒之一，因他对主耶稣复活秉持"非见不信"的态度，人们往往称他为"多疑的多默"。

手掌的吻

纪伯伦致梅娅

> 梅娅，我日日夜夜都在想你，常常想你，时时想你，想念总是一丝甘甜伴着一丝苦涩。

　　我可爱的小宝贝多么甜美啊！每天祈祷的时候都会记起我；她多么娇美！她的心胸多么宽广，她的灵魂多么美丽。

　　但是，多奇怪啊，我可爱的宝贝沉默了，她的沉默多么异乎寻常！这长时间的缄默如同永恒，永恒也似众神的梦那般深沉，而那种默然不能译成任何一种人类语言。你难道不记得轮到你书写的时候你并未提笔？或是你不记得我们曾相约在黑夜拥抱大地之前，我们要重归于好，拥抱和平？

　　你问到我的近况，询问我内心在想些什么，在忙些什么事情。我的情况嘛，就和你差不多，梅娅，我和你的情况一模一样。可是我的心绪仍停留在你我千年前相

纪伯伦

纪伯伦画作
《自画像与缪斯》

会的那团雾气中。而近些日子我忙碌的事情也是千头万绪，都是些像我这样的人必须经历的，不管愿意与否。

梅娅，生活是一支美妙的歌。我们中部分人的到来，使生活之歌亢音高唱；另一些人则只能充当这支歌的复唱词。然而，梅娅，我认为自己既不属于前者，也非后者之辈。我仿佛还置身雾气之中，就是千年前汇聚你我的那团雾气。

但尽管如此，大部分时间里，我还是忙于绘画。有时候，我会带着口袋里的小笔记本，跑到郊外的僻远地方。

然后某一天，我就会把笔记本上的部分内容寄给你。

这就是目前关于我的一切情况了，如果你有意愿，就让我们回到重要的话题上吧！回到关于甜心宝贝的话题上吧：你还好吗？眼睛怎么样了？你在开罗过得就像我在纽约那般开心吗？半夜，你还会在房内来回踱步吗？你会时常站在窗前远眺那繁星点点吗？然后你会爬上床头，用被子一角拭去眼中的笑泪吗？你在开罗像我在纽约这般开心吗？

梅娅，我日日夜夜都在想你，常常想你，时时想你，想念总是一丝甘甜伴着一丝苦涩。奇怪的是，梅娅，每当我一想到你，我就会暗暗对你说道："你来吧，就把你的愁绪都宣泄于此吧！就在这里，宣泄在我的胸膛之上！"有时候，我呼唤你的那些名字，除了慈爱的父母亲便无人能懂。

我亲了亲你的右手，又亲了亲你的左手，祈求上帝保佑你，赐福于你，使你内心充满光辉。愿上帝使你成为我最挚爱的人。

纪伯伦

蓝色火焰

纪伯伦致梅娅

> 你所说的甜言蜜语才是我的最爱,这可比其他所有人为我做的全部事情都更宝贵。

梅娅,本月六日①的每刻每分我都在想你。我将人们对我说的字字句句全都译成"纪伯伦和梅娅"的语言,除了纪伯伦和梅娅,世上再无人能领会那门语言……当然了,你知道的,一年里的每一天都是我们每个人的生辰。

美国人是世界上最喜欢庆祝节日和收送礼物的,不知为何,美国人在这些节庆日子对我也关爱有加。本月六日,他们的分外关心使我难以为颜,感激不已。但是,只有上帝才知道,你所说的甜言蜜语才是我的最爱,这可比其他所有人为我做的全部事情都更宝贵。上帝知道这一切,你对此也了然于心。

节后,我们坐在一起,你和我远离尘杂,交谈许久,

---

① 根据该信件日期,这里指的是 1 月 6 日,即"主显节"。

说的无非是想念与希望会说的话。然后我们凝眸望向一颗遥远的星,静默下来。接着我们又聊了起来,你可爱的手就放在跳动的火苗上,直到天边泛起鱼肚白。

梅娅,愿上帝关爱你、保护你。愿上帝将光辉照向你,为了爱你的人而保佑你!

纪伯伦

纪伯伦画作《蓝色火焰》。这幅画是其1931年3月26日寄给梅娅的最后一封信,意为两人之间的蓝色火焰永不熄灭。同年4月10日,纪伯伦逝世。

"你最可爱",我说时来不及思索,而思索之后,还是这样说

普希金

伟大的俄国诗人亚历山大·谢尔盖耶维奇·普希金（Александр Сергеевич Пушкин）出生在一个家道中落的贵族世家，父亲是近卫军军官，但爱好文学，有间私人藏书室，里面收藏着大量的名著。叔父是当时知名的诗人，也想把侄儿培养成伟大的诗人。

在环境的熏陶下，八岁时普希金就开始用法文写诗。十二岁上中学时，就和同学们一起创办手抄刊物，从此越来越受到诗坛的瞩目。与此同时，鲜为人知的是，普希金还是位美术家。只要翻阅他的手稿，就能发现上面画有许多草图和速写。他的绘画有肖像、风景、奔马和花卉，还有为自己

1. 普希金
2. 娜塔莉亚
3. 普希金手迹

作品配的插图，他最擅长的是肖像画，画过狄德罗、伏尔泰、拜伦等许多艺术家的肖像，栩栩如生，相当传神。此外，他还留下许多自画像。

二十岁时，他结识了十九岁的凯恩，对她一见钟情。但当时的凯恩已是一位五十二岁将军的妻子。第二年，普希金在亲戚家做客时再次与她相遇，他们在一起度过了几天美好的时光。分别时，普希金将自己为她所作的诗《致凯恩》送给了她。但因为凯恩始终是他人的妻子，他们一直恪守着内心的道德，没有走到一起。

1828年，在莫斯科上流社会的一个舞会上，普希金与被称为"俄罗斯第一美人"的娜塔莉亚初次相遇，她的惊世美貌强烈震撼了普希金。同样，诗人的才华和气质也俘获了娜塔莉亚的心。经过三年的交往和追求，普希金终于抱得美人归，在莫斯科娜塔莉亚结为夫妻。

然而，他们二人的性格与志趣并不相投。普希金视诗歌如生命，而娜塔莉亚却对此毫无兴趣。人人都羡慕普希金有一位天仙般美丽的妻子，但在这种虚荣的背后，普希金承受着巨大的压力。娜塔莉亚热衷跳舞，崇尚奢靡的生活。为了满足妻子的物质需求，普希金不得不四处借钱，生活负担越来越沉重。但年轻的娜塔莉亚却对此无动于衷，继续过着奢靡的生活。普希金虽然很无奈，却从不指责她。

娜塔莉亚的惊世美貌倾倒了世间无数的男子，其中也包括俄国最高统治者沙皇。1837年，既垂涎于娜塔莉亚的美色，又不满普希金在政治上倾向12月党人的沙皇政府策划了一场阴谋——花重金收买了一位叫丹特士的浪荡公子。在沙皇的授意下，丹特士借一切机会公开追求娜塔莉亚，随时在一切公共社交场所向这位美人倾诉衷肠，惹得整个社交界议论纷纷。最终，这位亡命之徒的卑劣手段奏效了。对爱情忠贞不渝的普希金不允许有人侮辱他的感情。为了捍卫自己的尊严、保护妻子，气愤至极的普希金答应和丹特士决斗来了结此事。在正式决斗时，普希金刚刚准备停当，卑鄙狡猾的丹特士就提前开了枪。

普希金就这样倒在了血泊之中，年仅三十七岁。

请你不要过度卖弄风情

普希金致娜塔莉亚

> 我的天使，我现在无事可为，向你接吻。

我亲爱的，昨天收到你的两封信，感谢你。但我还是要稍稍责备你几句：你似乎过度卖弄风情——有一件事你需要注意，我们这个时代的社会把卖弄风情视为不良教育的表现，这种行为没有意义。你喜欢很多男子跟你献殷勤，除了你之外，彼特洛夫娜也喜欢无赖跟着她。卖弄风情其实没有什么秘密，苍蝇不叮无缝的蛋，你以后不要在自己家里招待追求你的男人。提前知道我们会遇到什么样的人是几乎不可能的。请你读一读伊兹马伊洛夫写的一篇关于福马和库兹马的寓言故事。这个故事里，库兹马来到了福马的家做客，福马请他吃鱼子酱与鲱鱼，吃完这两道菜之后，库兹马还说要喝饮料，但福马没有为库兹马准备饮料，因为这个愚蠢的理由库兹马直接把福马打死了。这篇寓言是提醒所有的美丽女性，如果你们不能提供饮料的话,千万不要给追求你们的男人准备鱼子酱与鲱鱼。万一碰到第二个库兹马,后果不堪设想。你明白我的意思吗?希望以后我没必要再给你讲这个道理……

我的天使,我现在无事可为,向你接吻。我同时也要感谢你详细地给我描述了你轻佻的生活。我的娇妻,你可以享受你现在的生活,但也不要忘记我。我真是等不及看见你梳妆打扮!你肯定会很迷人的。你怎么早没想起来那个老女人……而没模仿她的梳妆打扮呢?请你告诉我你在舞会上是否引起了热烈喝彩……

我心爱的,我只求你不要过度卖弄风情。我并不妒忌。我知道你不敢越雷池一步。可是我最反感的是莫斯科姑娘的风格。我反对所谓"恰当"的行为……如果我回来以后发现你那可爱的、优美的、优雅的声调改变了,那我发誓我会立刻和你离婚,并因为悲伤参军。你问我现在的生活如何,我是否变得更英俊。第一,我留了胡子——胡子是男人的标志,当我在街上行走时,人家称我为叔叔;第二,我七点钟就醒来,先喝咖啡,然后躺在床上直到下午三点钟。我最近写得起劲,并且已经起草了好多小说。到了三点钟,我骑着马在外面游荡。五点钟的时候,我去洗澡。到晚饭的时候我吃马铃薯或者荞麦。饭后我看书到九点。一天就这样过去了。

每一天的生活都差不多。

1833 年 10 月 30 日
于博尔季诺

我的善良和愚蠢为邻

普希金致娜塔莉亚

> 如果没有你,我一辈子都不会幸福。

我的小天使!我给你写了一封四页长的信,但那封信非常悲痛、非常悲观,所以我没有足够的勇气寄出它。我正在写另外一封信。我最近感到十分忧郁,我一直想念你,但我不能把困扰我的心事都写在一封信里,这令我实在烦恼。你说关于博尔季诺,我们能在那边定居,那是很好的,但是这很难实现,我们跟你还会提到这个问题。亲爱的,你不要生气,请不要误解我的抱怨。我从来没想过因为我的债务来责备你。我必须要和你结婚的理由是如果没有你,我一辈子都不会幸福。我唯一的错误是当了公务员。家庭生活使我们更有道德,野心或穷困使我们失去道德。

现在人家都把我当作一个奴隶，他们任意对待我。我愿意跟罗蒙诺索夫一样，而不想当人家的小丑。你对这一切没有什么责任，这并不是你的错误。我这一辈子所有的错误都是因为我的善良的本性，但它已经和愚蠢为邻了。虽然我因为自己的本性经历了很多痛苦，直到现在还什么都没学会……人家一直困扰着我。也许我会听你的，将庄园的管理交入别人的手中。他们想怎么样管理，就让他们怎么样管理。父母积蓄是充足的，我们也不会让萨施卡和马施卡饿着。

暂时没有什么可以告诉你的新鲜事儿。

我一般在仲马饭店吃午餐，晚间待在俱乐部，这就是我每天的生活。刚开始我在俱乐部过得很开心，但后来还是没继续下去。娱乐使我兴奋，但是我仍然感到不平静。我向你亲吻，向你祝福。我期待你关于耶洛薄列慈的一封信。但你要谨慎些……很有可能你的信会被其他人拆阅。因为国家安全的问题我们的信会被拆开。

1834 年 6 月 8 日
于圣彼得堡

附：普希金为凯恩夫人所作情诗《致凯恩》

致凯恩

我记得那美妙的一瞬，
在我的面前出现了你，
有如昙花一现的幻影，
有如纯洁之美的精灵。

在无望的忧愁的折磨中，
在喧闹的虚幻的困扰中，
我的耳边长久地
响着你温柔的声音，
我还在睡梦中
见到你可爱的面容。

许多年过去了，
暴风骤雨般的激变，
驱散了往日的梦想，
于是我忘记了你温柔的声音，
还有你那精灵似的倩影。

在穷乡僻壤，
在囚禁的阴暗生活中，
我的岁月就在那样静静地消逝，
没有倾心的人，没有诗的灵魂，
没有眼泪，没有生命，
也没有爱情。

普希金

我会有这样的爱情……全世界在我眼中这时分为两半:
一半是她,那里一切都是欢喜,希望,光明;
另一半是没有她的一切,那里一切都是苦闷和黑暗。

列夫·托尔斯泰

文学巨匠列夫·托尔斯泰（Лев Николаевич Толстой）出身于俄国大贵族世家。三十四岁那年，他在去朋友家里拜访时，见到了朋友的女儿——十八岁的索菲亚·安德列耶夫娜·别尔斯。他很快对她一见钟情，认定她就是自己此生的唯一。然而由于年龄大、长相不佳，在索菲亚面前他感到自惭形秽。但他仍鼓起勇气给索菲亚写了一封求婚信，索菲亚答应了。

他们的婚礼在一周后举行。在这期间，托尔斯泰每天都去看望索菲亚。为了真诚对待未婚妻，他把过去的日记交给了她——日记里详细地记载着他之前的各种风流韵事。可以

想象，这对年仅十八岁的索菲亚造成了多大的冲击。托尔斯泰的想法很简单，他认为有责任让她充分了解自己要嫁的人是什么样，如果实在接受不了，甚至可以拒绝跟他结婚。索菲亚尽管痛苦，最终还是接受了这一切，与他完婚。

他们的婚姻生活起初

1. 托尔斯泰
2. 托尔斯泰与索菲亚

非常幸福。婚后第二年，托尔斯泰开始创作文学巨著《战争与和平》。索菲亚支持丈夫的理想与追求，愿承担整部书稿的誊写工作。就在这年夏天，他们的长子诞生。托尔斯泰自称："我是一个快乐而安宁的丈夫和父亲。""午饭后我躺下休息，她在抄稿。难以置信的幸福。她是难以想象的纯洁与美丽。"

当了母亲后，索菲亚很忙碌，带孩子、哺乳，还要给丈夫抄稿。过了一年，她再次怀孕，生下一个女儿。这时已是儿女双全的索菲亚，打算不再要孩子了。但丈夫坚决反对，索菲亚不得不服从。托尔斯泰将全部心思都投入到创作中，对妻子儿女漠不关心。所有家务以及庄园事务全都落在索菲亚一个人肩上。她每天从早到晚忙个不停。

婚后的索菲亚一生一共怀孕十六次，生育十三次，其中五个孩子不幸夭折。不断怀孕、分娩和哺乳，这种生活令她厌倦。1871年生第五个孩子时，索菲亚患了严重的产褥热，濒临死亡，经抢救才转危为安。因此她对怀孕充满恐惧。医生也劝索菲亚不要再生育了。她向丈夫提出避孕要求，但托尔斯泰认为生儿育女是妇女的天职，以致夫妻间发生激烈争吵。在《安娜·卡列尼娜》中，托尔斯泰借安娜嫂子多丽之口说："避孕是不道德的行为。"托尔斯泰是个大男子主义者，违背妻子的意愿，无视妻子的要求。生育、抄稿和操持家务，这就是索菲亚婚后十多年生活的全部内容。进入十九世纪八十年代，托尔斯泰思想发生变化，与妻子产生严重分歧。索菲亚精神受到刺激，于是这个家庭的幸福生活彻底结束。

面对托尔斯泰的这种反差，索菲亚终于有了清醒的认识，她在结婚二十九年后的日记中写道：

> "当一个女人年轻时，她全心全意地去爱，甘于向所爱的男人献身，因为她明白这让他快乐。日后她回顾往昔才突然意识到，这个男人只在需要她时才爱她。她一直记得就在他满足的一刹那，他的深情变成了严苛和厌恶。"

1910年，八十二岁的托尔斯泰离家出走，逃离了四十八年的婚姻，十一天后逝世。

您愿不愿意做我的妻子?

托尔斯泰致索菲亚

> 我觉得,我能从您身上,就像从孩子们那儿一样得到快乐。

亲爱的索菲亚·安德列耶夫娜:

我无法隐藏自己的感情。这三个星期我每天都对自己说:我今天就必须要说出来,但是辞别的时候,我仍然怀着惆怅、懊悔、恐惧和幸福的心情。每天深夜里我会想起来过去的痛苦,我又问自己:我为什么说不出自己的感情,为什么没有足够的勇气?我一直带着这封信,如果我没机会或者没有勇气向您表白,就把这封信交给您。我觉得,您的家人误会了我。他们认为我爱的人是您妹妹莉扎。绝对不是这样。您的小说深深印入我的脑海,在读了您的小说之后,我深信我像杜勃里茨基一样对拥有幸福不抱有希望，不配得到您的爱情。我将来也不会羡慕您爱的人。我觉得，我能从您身上，就像从孩子们那儿一样得到快乐。

我在伊维奇庄园曾经写道："在您面前我清楚地感到自己变老了"，但是当时和后来的我都在欺骗自己。当时我还能斩断情丝，重回斗室，致力于我所醉心的写作事业。现在我则什么都不能做；我已经失去了当您挚友的机会，失去了正直的人际关系。我已经走投无路，进退维谷了。您作为一个正直的人，请您把手贴在胸口，告诉我：我该怎么办呢？自作自受？如果一个月之前有人跟我说，我会像现在这样苦恼，我绝对不会相信。现在我却乐于自寻烦恼。请您说一句实话，您愿意做我的妻子吗？如果您真心愿意，就直接回答："愿意。"如果您怀疑，那就干脆说："不愿意。"您好好问问自己。我害怕听到"不愿意"这句话，但是我会勇敢面对这样的回答。不过，如果我永远得不到您的爱——就像我爱您一样，那我的生活会变得非常可怕的！

对于人生必须看得自由

托尔斯泰致索菲亚

> 66 我们的幸福与不幸并不取决于我们的付出或金钱,而是取决于我们自己是什么样的人。99

……我想完成一个很艰难的任务:我要管理家庭的事务,但我指的不是经济管理,而是指人际关系。因为工作,牺牲人际关系是非常普遍并且很难避免的。我们必须要管理好家庭的事务,可是在工作效率和人际关系之中必须选择后者。我自觉不适宜于后者,但我还是想要尽量试着完成这件事情……

我今天已经解决了一些家庭管理的问题,所以骑着马去外面游荡。几条狗跟着我跑。阿加莎·米哈伊洛娜说如果没有这几条狗,他们一定会依赖其他家畜了。他让瓦斯卡陪着我们。我要感受一下打猎的热情。我养成骑马的习惯已经有四十年了!骑着马去追逐野兽——这真是一种非常美妙的感觉。可是当一只兔子出现在我面前，我还是愿意让它成功逃跑。我竟然不想真的打死它……

　　我亲爱的，请你不要生气，但我真不能重视金钱。金钱不像疾病、婚姻、生育、死亡、上学、我们家人的良好的或不良的习惯那么重大的事件。金钱是我们自己创造的现象，因此我们可以改变这种现象。我知道，你和孩子们经常感觉无聊是因为没有什么新鲜的事儿，可是我必须要再强调，我们的幸福与不幸并不取决于我们的付出或金钱，而是取决于我们自己是什么样的人。把一百万给科斯佳，他会更幸福吗？一个人对于人生需要扩大眼界。我们所碰到的悲欢离合不仅改变了我们两个人的生活，同时也改变了我们孩子的人生。因此我们必须教我们的孩子寻找真正的快乐，并且帮助他们脱离曾经使我们不快的事情。辞令、文

1887年，托尔斯泰一家合影

凭、我们在上流社会的地位，特别是金钱，对于我们的幸福与不幸并没有扮演什么重要的角色。所以我们拥有多少金钱不能引起我的兴趣；如果我们把这个问题看得太重，那它就会遮住真正重要的事。

再见，亲爱的索菲亚

托尔斯泰致索菲亚

> **❝** 我决定现在就实现我筹划已久的事情——出走。**❞**

生活与信仰之间的矛盾已经折磨我很久了。我不能强迫你们改变现在的生活，改变我让你们养成的习惯。我不能早点离开你们是因为我经常想，我还不能离开孩子们。他们还那么小，我能给予他们的影响很少。我再也不能让你伤心，再也不能继续与你争吵，跌入我周围的诱惑。我再也不能像过去那样生活下去了。我决定实现我筹划已久的事情——出走。第一，随着我年龄越来越大，生活变得越来越沉重，我越来越想过独居的生活；第二，孩子们也长大了，他们已经不需要我了，我在家庭中的影响几乎没有了。你们大家都有很多兴趣爱好，我不在你们的身边也没有什么。

印度人在六十岁左右就到森林中去了。每个老教徒

都是这样的：到了年纪想把自己生命的最后时光奉献给上帝，而不是给轻佻的生活。像他们一样，我到了七十岁也很想过宁静、独居的生活，虽然我知道达到跟我的信仰完全一致的生活水平几乎是不可能的，但只要自己的生活与信仰之间不出现大的冲突，我就满足了。

如果我公开地出走，那么立刻会有人来讨伐，指责，批评，抱怨。在这种情

1. 晚年托尔斯泰亲笔签名照
2. 托尔斯泰致索菲亚书信手迹

况下我会变得软弱，很有可能我也不会实现自己的愿望，而我是必须要实现它的。如果我的决定造成你的痛苦，请你原谅我。索菲亚，求你不要找我，不要埋怨我，不要责备我，让我完成我所期望的一切。

我虽然离开了你，但这并不是因为你的错误。我知道，你无法跟我一样感受到生活，也无法去改变自己的生活，因此你不必做出牺牲，我永远不会责备你。相反，我要感谢你这三十五年的陪伴。尤其是前一半的时间：你曾经因着一个母亲忘我的天性，承受了自己认为该当的一切。为了我和世界，你献出了一切，把母爱和忘我的牺牲精神奉献了出来，因此我非常感激你。但是近十五年来，我们两个之间出现了不少矛盾。我不能说都是我的错误，因为我的改变不是为了自己，也不是为了其他人，而是因为我不能不改变。我也不会因为你不和我出走而责备你，相反我要真正地感谢你，并怀念你奉献给我的一切。再见，亲爱的索菲亚。

每当想起我们一起在白杨树下的时刻,
脱离枝梢的杨叶便轻柔地飘落到我们身上。

屠格涅夫

十九世纪俄国艺术大师、作家、诗人和剧作家伊凡·谢尔盖耶维奇·屠格涅夫（Иван Сергеевич Тургенев）出身于俄国一个富裕的旧式贵族家庭。二十四岁时，他与女仆阿芙多季雅相恋。他的母亲一得知这个消息便大发雷霆，下令立即把这个"罪无可恕的女人"赶出家门。阿芙多季雅只得到莫斯科去，靠做裁缝糊口。她离开时已经怀孕，次年春天生下一个女儿，名叫别拉盖雅。女儿出生后不久便被抱走，送到其祖母的庄园，阿芙多季雅后来也嫁给了一个小市民。屠格涅夫每年都付给她赡养费，直到她1875年去世。

1843年，二十五岁的屠格涅夫认识了波丽娜·伽西亚·维

1. 屠格涅夫
2. 波丽娜

阿多,她是一位优秀的歌唱家,是西班牙男高音歌唱家马努耶尔·伽西亚的女儿。屠格涅夫看过她的表演之后对她一见钟情,为了能见到她,他不惜斥巨资在剧场包了一个奢华的座位。彼时波丽娜已经是别人的妻子,并且拥有一段美满的婚姻。对于自己的鲁莽,屠格涅夫心怀歉意,但仍旧每天去看波丽娜演出。

两年后,屠格涅夫决定不顾一切地去追随波丽娜。于是,他放弃了自己在内务府办公厅的工作,义无反顾地离开俄国。1871年,在历经了一系列变故之后,屠格涅夫在波丽娜和丈夫的别墅旁修建了自己的别墅,并在别墅的每一层都建了阳台。他常常站在阳台上,望着不远处的波丽娜。她的两个女儿出嫁时,屠格涅夫还为她们分别准备了一份嫁妆。

屠格涅夫终生未娶,虽然无法与波丽娜相伴,他还是把一生中唯一的真爱都献给了她。

我的生命在一滴一滴地流失

屠格涅夫致波丽娜

> 每当想起我们一起在白杨树下的时刻，脱离枝梢的杨叶便轻柔地飘落到我们身上。

我渴望您的每一封信。我现在在乡村，也不知道什么时候能回去。暂时我只能靠自己想办法过更好的日子；这边没有音乐，更没有什么朋友——甚至邻居也没有。秋切夫夫妇是很好的人，但我和他们的兴趣不同。那我该怎么办？好像我对您已说过好几次：我只能继续写作和逐一回忆。为了使写作更顺利，回忆较少的苦涩，我需要您给我写信——它们将给我带来一个幸福生命的回声，会带来阳光和诗歌的气息。我请您经常在信封里放点小草或者一朵小花……近一段时间我感到我的生命在一滴一滴地流失，像从没有拧紧的水龙头里流淌出来的水滴。我并不惋惜，就让它流失吧……我还能怎么办呢？……谁都不能回到过去，但是我还是爱回忆过去的生活，回忆那个美好的过去；在像今天这样的傍晚，听着暴风雪在外面呼号，我想象着……不，我不想让自己感到忧愁，也不想让您感到忧郁……我现在的生活还不错。在现实的重压下，只有挺得住，才能变得轻松些。请您常常给我写信！

　　亲爱的，每当想起我们一起在白杨树下的时刻，脱离枝梢的杨叶便轻柔地飘落到我们身上。那时的天空多么灿烂……我怕以后永远看不到那么美的风景了。留在我心中的那段时间的印象是那么深刻，那么生动活泼，我一闭上眼睛，就能听见那些虽然枯萎但却耀眼的金叶子轻微的沙沙声，能看到蓝色的天空。在我写的一本书（您收到了这本书吗？）里我提到像当时一样的蓝天与树木。感觉那本书里面我描述了与您相同的感受……

　　忧郁的世界将会入睡……

　　从写这一页开始，我脑海响起来了古诺的《秋》里面的这一首诗……为什么我不能像以前一样对待他的诗呢？……不过他这首诗写得非常出色。虽然我被这首诗真正感动了，但是我要学会控制这种情绪——这样的情绪没有什么用。

　　我刚才打开了阳台上的门。一打开，有一股寒风进入房间里……我的小狗黛安娜被吓了一跳，立刻跑了。唉，我可怜的朋友！对这样的恶劣天气您还没习惯，您这位柔弱的美丽法国女士！我们坐在一起回忆库尔塔夫涅里吧。明天再见。记得，我一直在您的身边。

周二。

今天的天气很奇怪，但还是好多了。天空中弥漫着雾气。一丝风儿也没有。大地、天空，都是一片白。雪在悄悄地融化，到处都能听到水滴的声音。外面很暖和。我会带着两个猎人到离这里几俄里的地方去打猎，希望我们今天会打到不少兔子。

我已经起草了一篇关于农民生活的随笔，大概会有四页；下个星期二，我可以把这篇小说寄给您。我没想到这篇小说会这么长……陪着我的猎人刚才对我说："老爷，该出发啦。昨天下了很大的雪，土地就像在温暖的浴室里蒸腾着似的。"我下了命令准备两辆雪橇，沿着初雪之后的雪道行驶。

亲爱的朋友，我宠爱您的小女儿克罗蒂，请替我亲吻她的手。您可以告诉维亚多先生，我读完了他的信后感到很满意。那封信里的小故事写得挺有趣的，这样的小故事如钢琴家的指法，每个钢琴家的弹法都不一样。

不过，到时候我们就会看到。下个星期二我要给小波丽娜写一封信。您知道她到巴黎已经有两年了吗？她是1850年11月5日就来到那里的。

再见，亲爱的朋友。下一封信里我们再谈这些事儿。轻柔地吻您的手，并祝福您。向大家问好。

您的伊凡·屠格涅夫
1857年10月13日（旧历）
于斯帕斯克村

比太阳更美妙的光泽

屠格涅夫致波丽娜

> 让我成为你的不朽的参与者,让你的永恒的光辉,照进我的灵魂!

你嘴唇上的声音消失了,你的眼睛再也没有发亮——你伸出你的手,伸出你疲惫无力的手去触摸那种美,那种你乐于表现出来的幸福。你的眼睛困窘了,失去了光明!

是什么样的光辉闪耀着在你身上、四肢、你衣服的小褶襞里,竟比太阳光更美妙?

是什么神用自己柔和的呼吸,使你披散的一绺卷发向后飘动呢?

是那神的吻,在你白得像大理石那样的前额上燃烧!

这就是它——爱情、生活、诗歌的秘密,谁都能知道的秘密!正是它,正是它,永生不朽!没有别的永生——也不需要别的。在这一瞬间,永生不朽的是你。

一瞬间过去了——于是,你又是一撮灰烬,一个女人,一个孩子……但是,这对你来说都无所谓!在这一瞬间你超越一切了,你站在一切在消逝的事物之外了。这一瞬间永远不会完结。

留住!让我成为你的不朽的参与者,让你的永恒的光辉,照进我的灵魂!

            1879 年 11 月

可不要到我的坟墓去

屠格涅夫致波丽娜

> 你啊，我唯一的朋友；你啊，我这样深情而温存地爱过的女人！

当我离开这个世界的时候，当我过去的一切化为灰烬的时候——你啊，我唯一的朋友；你啊，我这样深情而温存地爱过的女人，会比我活得更久——可不要到我的坟墓去……你在那儿是无事可做的。

请不要忘记我……但也不要每天在忧虑、欢乐和困难的时刻想起我……我不想打扰你，不想把你平静的生活弄乱。不过在孤独的时刻，请你拿出来我们曾经爱读的书当中的一本，找到里面我们曾经常读的那些页，那些行，那些话——你还记得吗？——有一次，我们俩流下了甜蜜的、无言的泪水。

请你先读完，然后闭上眼睛，把手伸给我……把你的手伸给一个不在这个世界的朋友。

我不会握住你的小手：我的手在地下。然而，我还是会感到快乐，因为你也许会在你的手上感受到轻柔的爱抚。

于是，我的形象将出现在你的脑海里，你闭着眼睛哭泣，而你的眼泪会像我们以前经历过的美好一样。你啊，我唯一的朋友；你啊，我这样深情而温存地爱过的女人！

1878 年 12 月

如果我在别人眼里显得微不足道、无足挂齿，那么有了你，我就感到自己很富有，并能得到无限的赞扬和认可。

弗洛伊德

西格蒙德·弗洛伊德（Sigmund Freud）是犹太血统的奥地利心理学家、精神病医师，精神分析学派创始人。1881年，从维也纳大学拿到医学学位的他，在自己家中邂逅了妹妹的朋友玛莎。玛莎比弗洛伊德小五岁，出身于一个地位很高的犹太家庭，她娇小聪慧，弗洛伊德对她一见钟情。他鼓起勇气开始追求她，每天送她一朵红玫瑰，再用拉丁文、西班牙文、英文或德文在附送的卡片上写一句附言。他的真诚打动了玛莎，相识两个月后，两人决定订婚。订婚后的两三年时间，他们都分隔两地。弗洛伊德几乎每天写信给玛莎，倾诉自己的思念之情，有时甚至一天三封。他们用玛莎喜欢

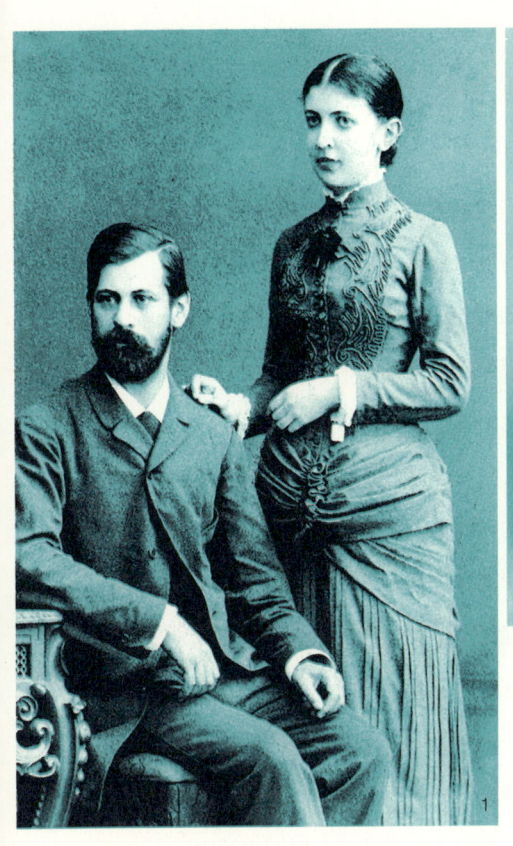

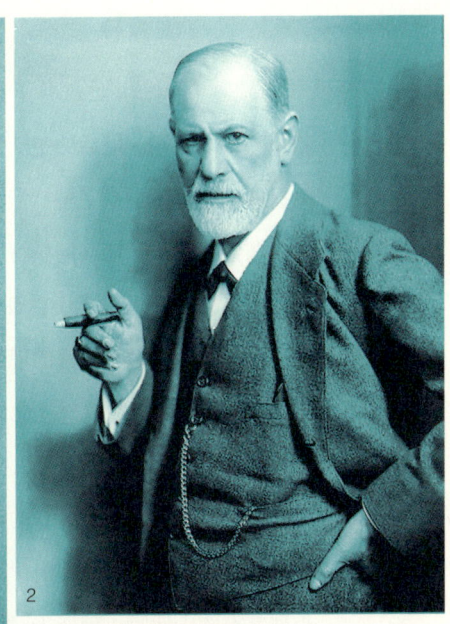

1. 弗洛伊德与玛莎
2. 弗洛伊德

的哥特式文体通信，篇幅没有少于四页的时候，有时更是会长达十几、二十多页。他也和玛莎分享自己各种转瞬即逝的想法。一天，他在信中对她说到了有关梦的事情："我有很多不能解释的梦，我从来不会梦到那些白天心里所想的事情，在我梦中的都是那些在白天一闪而过的事物。"这便是后来弗洛伊德"梦的解析"学说的重要组成部分。

1886年，弗洛伊德在维也纳开业行医，这年九月，他和玛莎终于完婚。婚后的生活恬淡而幸福。玛莎对丈夫事业的具体情况并不是很了解,但她始终支持着他完成自己的梦想。在他们恋爱时期共同撰写的"秘密笔记"里,弗洛伊德曾写到这样的愿望:"我会和玛莎一步一个脚印地完成我们的一个个心愿,虽然远大的理想遥遥无期,但我们会同心协力地度过这一生。"显然,他们做到了。

弗洛伊德几乎从不向外人提及自己的家庭生活,这是他严谨个性的一部分。在《我的自传》中,他也没有专门的章节留给妻子玛莎。但与弗洛伊德有过几十年交往的英国著名心理学家欧内斯特·琼斯曾回忆道:"弗洛伊德是一个忠诚的丈夫,很少有人能够一生守护自己的妻子而完全不去想别的女人,弗洛伊德就是这样一个人……在弗洛伊德的爱情生活中,玛莎的确是他唯一的对象,被他视若珍宝。在他的心目中没有任何人的地位能够超越玛莎。虽然他在婚姻生活中的热情比大多数男人都结束得早,但他却用一生的奉献和全心全意的理解弥补了这些遗憾。"

玛莎与弗洛伊德是彼此生命中的唯一,他们相伴五十七年,养育了六个孩子。1939年,弗洛伊德于伦敦病逝。

一封中世纪风格的信

弗洛伊德致玛莎

> 66 我感觉自己就像一个骑士，踏上了去寻找他心爱的公主的朝圣之旅。99

高贵的女主人，可爱的宝贝：

知道吗，你这封允许我去朝见你那清透明眸的亲切来信使我高兴至极。我正整装待发，迫不及待想得知你是否只为我留温柔的一瞥，抑或是能用你的香唇赐予我一个吻。既然一个旅行者和一个陌生人都享有各种特权和权利，如果我想要更多，你可别见怪。还记得那位英国诗人说过的话吗？曾创作了许多喜剧和悲剧，自己也在其中扮演过角色的威廉·莎士比亚这样唱道：

漂泊止于爱人的相遇，
这是人人知晓的道理

弗洛伊德

接着他又问道：

> 爱是什么？那不是明天
> 趁着当下尽欢笑
> 未来难以预料
> 这里没有谎言
> 那么来亲吻我吧，妙龄美人！
> 青春会稍纵即逝

但是，如果你不懂这些俏皮的诗句，就去看看奥·威·施莱格尔翻译的《第十二夜》吧。

所以，如果你愿意，让我们从崇高的诗歌艺术降至普通的散文，让你的仆人告诉你，他什么时候希望接近你。你哥哥埃利友善地伸出了援助之手，提供了一张免费车票，这可以帮助我们一直走到这个帝国的边界。从那以后，贫穷王国就开始了，因为被你所选中的人，比起地上的财宝，更有资格进入天国。难道他不该提出这个要求吗？如果我在周日早上8点离开这里，你就别指望我在周二下午5点46分之前出现在你的汉堡。甚至很可能我会晚到一些，因为铁路的复杂性对我那愚笨的脑袋来说是个难对付的小坚果，而我们的其他盟友都不知道如何找到摆脱这种被火车纠缠的方法。为了不让你们误以为我是摩尔人，我明天早晨梳洗梳洗之后，就赶快到万茨贝克去，敌人把你们关在那里——我相信暂时很安全。请允许我希望你还在树林里，因为我很想在没有他人之目的情况下向你打招呼。唉，你没有告诉我路有多远，用什么交通工具，也没有告诉我你在树林里，不过也许你明天会来信告诉我的。

等我们见了面以后，一切便顺其自然，我也用不着再给你唠叨了。

如果你的表兄马克斯能证明他只是你的朋友，并领你进城，我将永远感激他。尽管他这样做只是在履行对人类社会的一般义务。然而，我不希望他作为第三者来"共享"我们的欢乐；他肯定不会从你那，一位不能陪伴的爱人那里得到任何支持，他会被友好地劝退，离我们远点。我不喜欢我当着陌生人的面亲吻你，我也不知道在他面前说些什么为好。他不能拒绝让我们单独待在一起这样一个合乎人情的义务。

当你认出了、发现了你的恋郎时，你可不要太多地苛求他。他穿着一件难看得不像样的灰色夹克，浅色的马裤，今天会去买一顶灰色毡帽，就像你哥哥戴的那顶一样，但没那么值钱。你哥哥的小旅行袋只能容纳那么一点点亚麻制品，连一个人所要带的东西都装不下。至

弗洛伊德

于那件大衣，因为你频繁的抚摸也变得神圣了。你也熟悉了：那笨拙的手杖，那放着你照片的钱包，那戴着戒指的手指。你知道手里还要拿上那么一点点马克，以便我们在你那个不适合异乡人居住的老家稍稍享受一番。也许我们可以把太阳当作我们的订婚见证人，这将使一切都变得光明，并且给我们的兄弟姊妹一张小照片以资纪念。一颗宝石在等待你的生日，当我路过它时，它便一直吸引着我的目光，但我还不敢现在就买下它，并把它带来，得等到8月4日。因此，你的游侠骑士只会带着他那颗赤诚的心前来，他不会带武器而来，他把毒药和匕首留在家里给敌人了。他心急如焚地想见到你，告诉你他是多么的忠诚。倘若需要的话，他随时准备保护你，保护你不受任何人的伤害。你要知道，他准备好了，他很高兴在一场小争论中表现良好，他希望他在汉堡的情敌能放弃他的敌意。

哦，这该死的中世纪风格，今后再也不会写这样风格的信了！我感觉自己就像一个骑士，踏上了去寻找他心爱的公主的朝圣之旅，而公主却被她邪恶的舅舅囚禁了起来。亲爱的玛莎，读到这里，你准会感到厌烦了。宽容一些吧。如果你知道我现在有多欣喜若狂就好了。但我会以相当理智的状态抵达的。亲爱的，舍恩贝格又将成为我的快乐源泉。

给我再赊一个吻,我的天使,再来一个;也许明天我可以在默德林写信,然后兑现你的香吻。

为我们幸福的团圆干杯!

你的西格蒙德
1882 年 7 月 14 日星期五
于维也纳

除了我们对彼此的爱，
什么都没有

弗洛伊德致玛莎

> 如果我在别人眼里显得微不足道、无足挂齿，那么有了你，我就感到自己很富有，并能得到无限的赞扬和认可。

我为何有一封对折信笺？
亲爱的，请你莫要盘问缘由；
因为我本无言语要对你细说，
但它最终还会递到你的手中。
因为我无法亲赴，所以该寄予何物，
寄予我那忠贞不渝的心啊，
连同幸福、希望、喜悦、痛楚和今日，
这一切没有开始，也没有结束。

我深爱的女孩：

  我的一位朋友，平日里是一个执迷不悟的罪人，我喜欢和他一起悲叹这个世界的荒谬，但今天他突然变得温柔起来；走进隔壁房间，从歌德大师的宝库里取出无与伦比的诗歌，带着高昂的情绪读了几句诗歌（比起他自己，这对我来说更有意义），我不得不赶紧离开，去和我的思想独处。这天下午，我再也没能集中思想工作。很快，我又遇到了另一个大学里认识的朋友，他后来由于一次不幸事件而远离了他原先的目标。如今，与朋友的接触对我有一种特殊的吸引力——生活的严肃性似乎几乎同时向我们显露出来；在一开始，我们认为是可爱的，值得追求的，但很容易得到的东西，现在已经退到了遥远的距离之外，虽然仍然是可爱的。也许他们中的一些人，像我一样只是把一种新的难能可贵的追求锁在心头。尽管我垂头丧气，疲惫不堪，脸色阴沉，前途渺茫，但我还是想不出一个我愿意与之调换的灵魂。我还没有对自己失去信心。至于小玛莎，我的小玛莎，谁又能代替她在我心中的地位？

  我们都很穷，许诺要互相帮助。他们都是正派的人，否则我就不会和他们交朋友了；我们可以为彼此做得太少，但我很少与人分道扬镳，尽管我没有感觉：他帮助过我，他与我志趣相投，使我走出低谷，消除了部分对我的不公待遇，或是我对他有所求。这也许能让我为他做同样的事情。虽然这些并不像知道自己被一个与众不同的女孩爱着那样幸福，但我不会放弃有那么多男子静静地站在我身边，帮我生活下去的感觉！这也帮助我接受我们是如此贫穷的事实。亲爱的姑娘，试想一下，如果成功恰好与这个人的功绩相匹配，爱情难道不会失去一些纯洁吗？我不能肯定你是爱我呢，还是爱我的成就。万一我遭遇不幸，那姑娘就会说：我不再爱你了。那证明你不配得到我的爱。这就像在制服的世界里，每个人都把自己的功绩挂在衣领和胸前一样可恨。但是，由于命运对人的功绩的奖赏或忽视是如此反复无常——唯一的爱可能始终忠于穷人而不会虚伪。如果我在别人眼里显得微不足道、无足挂齿，那么有了你，我就感到自己很富有，并能得到无限的赞扬和认可。

哦，我亲爱的小玛莎，我们是多么贫穷啊！当我们说我们要彼此生活在一起时，他们问我们：你的嫁妆是什么？除了我们对彼此的爱，什么都没有——没有其他的吗？——现在我想起来了，我们需要两三个小房间，供我们在里面吃、住、接待客人，还要有一个炉子，我们吃饭的火是永不熄灭的。想想吧，房间里什么都有！桌子，椅子，床，镜子，一只能使幸福的人记住时间进程的钟,一张让人坐在上面做上个把小时美梦的扶手椅,一块能帮助家庭女主人保持地板清洁的地毯,衣橱置有丝带包裹着的亚麻布匹,挂着式样新颖的衣服、带有手工刺绣的帽子,墙上挂有照片,日常使用的玻璃杯,平时用它喝水,节日用它饮酒,盘子、碟子,一个小小的储藏室,以防我们突然饿了或是突然有客来访,一大串发出咔嚓咔嚓响声的钥匙,众多能够令人欣悦的东西,书籍、缝纫小桌,使人感到亲切的灯,一切都井井有条,否则那位操劳的家庭主妇会对每一件器具都感到不舒服。这些东西的制作必须严格地与这幢房子相协调,它们得具有艺术性,某些东西必须来自那些令人乐于回忆的亲友之手,某些东西必须是从去过的一些城市买来的,某些东西必须是在有纪念价值的时间里添置的。洋溢着幸福、有默默无闻的朋友、有被证实的崇高人类价值观的小世界,所有的这一切设想都只存在于未来。房屋地基还未打牢,只有两个可怜的人类生物,心无旁骛地深爱着对方。

我们要把心思放在这些小事上吗?是的,只要那不可控的事情未敲响这扇平静的门,就应毫不犹豫肯定。当然,我们每天都要告诉对方我们还爱着对方。两个相爱的人之间有一件可怕的事,既没有办法也没有时间让双方互诉衷肠,他们总是等着发生不幸或意见不合,非要对方温情地承认不可。不要吝啬感情，资金的使用是由支出本身来更新的。如果长时间不动它们，它们就会不知不觉地消失，或者如锁一样生锈；它们确实在那里，但人们无法利用它们。哦，现在连两个相爱的可怜人都不在一起。只剩一个人在这里，另一个人远在他处，用她的温和的心不断地克制她的感情。这个可怜却可爱的孩子，她经历过许多她不愿提起的不幸的事情，她几乎喘不过气来，但心甘情愿放弃自己的一点生活乐趣，献身给这个不幸的人。可你必定会给我带来好运，对我来说，你本身就是好运，没有你，我的胳膊会无力下垂，根本不想活下去；与你同在，为你同在，我也要动用他们，使我们争得世上的一部分，与你同享。

致予你最亲切的问候。或许这一刻你正在思念我，因为现在正是你过去常在花园里等我的时间。

你的西格蒙德
1882 年 8 月 18 日夜晚
于维也纳

你就是你，
不要为了谁去改变

弗洛伊德致玛莎

> 女人的地位还是女人：年轻时是受爱慕的心上人，成熟时是受爱慕的妻子。

我亲爱的公主：

这一直是你的芳名。最近几日，我比往常更加思念你。正值你赐予我的那个日子再次到来之际，我祝愿自己好运和功成名就。我只是想让你回首过往，展望未来。这是我们订婚后的第十七个月，而第十七个月又是一个星期六，但我不用再次向你求婚了，对吧？今天是假期，为了恢复精气神，我什么都没做。天气很糟糕，今晚我想到哈默施拉格那里去。我感到疲惫不堪，如若有人能和善地待我，我会感到舒畅些。更重要的是，他们会问及你，那么我就有机会谈论你的情况了。

你在上一封信中说的关于穆勒和他妻子的事，本该促使我当场与你谈谈一些关于他们两人的事。勃兰兑斯的文章只是对这个人的主观印象,远远不是时代这个对他在历史上的整体地位的评价。当戈姆佩尔茨委托我翻译他的最后一部作品时,我有了研究他的想法。当时,我对他毫无生气的风格感到不满,在他的作品中找不到一个能留在记忆中的句子或短语。后来我读到他的一部哲学著作,写得饶有趣味,妙语连珠,生动活泼。他很可能是那个世纪最有能力把自己从世俗偏见的支配中解脱出来的人。因此——这一点总是相伴而生的——他在若干问题上缺乏荒谬的东西,例如在妇女解放和妇女问题上。我记得在我翻译的一本著作中有一个主要的论点是:已婚妇女能挣和丈夫一样多的钱。我敢说,我们都同意做家务、照顾和教育孩子需要一个完整的人,这就几乎排除了任何谋职的可能性,哪怕是劳动简化了,把妇女从打扫、清洁、做饭中解放出来。这一切他都忘记了,他忽略了一切与性别有关的联系。在这个问题上,人们并不认为穆勒很有人情味。他的自传是如此的拘谨或神秘,以至于人们永远不会从中了解到人还有男女之分,而这个区别是最重要的。他同他妻子的关系也让人觉得毫无人性。他很晚才娶了她,没有孩子,据我们所知,似乎完全没有什么爱情可言。人们普遍怀疑她是否是他所崇敬的那个优秀的人。在他所有的作品中,女人和男人从来没有不同的地方,这并不是说女人和男人不一样,而是正好相反。例如，他在黑人对妇女的压迫中找到了一个类比。任何一个女孩，即使没有投票权和合法权利，只要她的手被一个愿意为了她的爱而冒生命危险的男人亲吻，她就可以让他做这件事。

让女人像男人一样为生存而斗争，这似乎是一种完全不切实际的想法。我是不是该把我那娇嫩可爱的姑娘当作竞争对手？毕竟，我只能像十七个月前那样告诉她，我爱她，并将竭尽全力把她拉出竞争，拉进我安逸无扰的家里去。通过改变教育方法，抑制女性那强烈需要加以保护的品性，使她们同男人一样为生存而斗争，这是可能的。在这种情况下，对世界给予我们的最可爱的东西——我们对女性的幻想的破灭感到遗憾也可能是不合理的。但是我相信，一切改革活动、立法和教育都将建立在这样一个事实之上：早在我们的社会确立分工之前，大自然就决定了她的美貌、魅力和善良，安排她们去做别的事情。

不，这一点上，我还是自始至终渴望我的玛莎做自己，你就是你，而不要为了谁去改变。立法和习俗必须赋予妇女许多她们未曾享有的权利，但女人的地位还是女人：年轻时是受爱慕的心上人，成熟时是受爱慕的妻子。

关于这个问题还有很多话要说，但我认为我们的看法是一致的。

多保重，我亲爱的女孩。你的信今天是到不了，所以我得动身了。

致予你亲切的问候和亲吻。

你的西格蒙德
1883 年 11 月 15 日星期四下午五点
于维也纳

本书篇目译者

马克·吐温、济慈
郝泽坤

海明威、雪莱、拜伦、夏洛蒂·勃朗特
赵北雁

雨果、乔治·桑
陈　静

贝多芬、罗伯特·舒曼、马克思、卡夫卡、弗洛伊德
安孟祉

普希金、托尔斯泰、屠格涅夫
郑　南

纪伯伦
马小菁

图书在版编目（CIP）数据

纸短情长 /（法）雨果等著；郑南等译. — 北京：
中译出版社，2021.3
ISBN 978-7-5001-6515-6

Ⅰ.①纸… Ⅱ.①雨… ②郑… Ⅲ.①书信集—世界
Ⅳ.①I16

中国版本图书馆CIP数据核字(2021)第037314号

出版发行：中译出版社
地　　址：北京市西城区车公庄大街甲4号物华大厦6层
电　　话：（010）68005858，68358224（编辑部）
传　　真：（010）68357870
邮　　编：100044
电子邮箱：book@ctph.com.cn
网　　址：http://www.ctph.com.cn

策划编辑：范　伟　张若琳
责任编辑：范　伟　张若琳
封面设计：柒拾叁号工作室
排　　版：柒拾叁号工作室
印　　刷：北京顶佳世纪印刷有限公司
经　　销：新华书店

规　　格：880毫米×1230毫米　1/32
印　　张：9.875
字　　数：150千字
版　　次：2021年3月第一版
印　　次：2021年3月第一次

ISBN 978-7-5001-6515-6　　定价：68.00元

版权所有　侵权必究
中　译　出　版　社

de Musset

lance avec A. de Musset. G. Sand devient osée mais à moitié seulement

e vous dire que j'ai
e soir que vous aviez
folle de me faire
souvenir de votre
ais bien que ce soit
je puisse être aimée
prête à vous montrer mon
sinteressée et sans cal-
ulez me voir aussi
s artifice mon âme
me faire une visite.
en amis, franchement.
ai que je suis la femme
de vous offrir l'affection
de comme la plus étroite
un mot la meilleure preuve
siez rêver. puisque votre
Pensez que la solitude où j'ha-
longue. bien dure et souvent
en y songeant, j'ai l'âme
urez donc vite et venez me la
par l'amour où je veux me

George Sand.